巴金散文系列

谈契诃夫

山东画报出版社
济南

图书在版编目（CIP）数据

谈契诃夫/巴金著. —济南：山东画报出版社，2023.4
（巴金散文系列）
ISBN 978-7-5474-4232-6

Ⅰ. ①谈… Ⅱ. ①巴… Ⅲ. ①散文集－中国－现代 Ⅳ. ①I266

中国国家版本馆CIP数据核字(2023)第045772号

TAN QIHEFU
谈契诃夫
巴　金　著

巴金故居策划

责任编辑　怀志霄
装帧设计　蔡立国

主管单位　山东出版传媒股份有限公司
出版发行　山东画报出版社
社　　址　济南市市中区舜耕路517号　邮编 250003
电　　话　总编室（0531）82098472
市场部（0531）82098479
网　　址　http://www.hbcbs.com.cn
电子信箱　hbcb@sdpress.com.cn
印　　刷　山东临沂新华印刷物流集团有限责任公司
规　　格　130毫米×185毫米　32开
5印张　5幅图　5.47千字
版　　次　2023年4月第1版
印　　次　2023年4月第1次印刷
书　　号　ISBN 978-7-5474-4232-6
定　　价　32.00元

1954年7月，巴金在莫斯科契诃夫纪念大会上发言

1954年，巴金在雅尔塔的契诃夫故居与契诃夫的妹妹玛丽雅·契诃夫和罗马尼亚诗人米哈依·别纽克合影

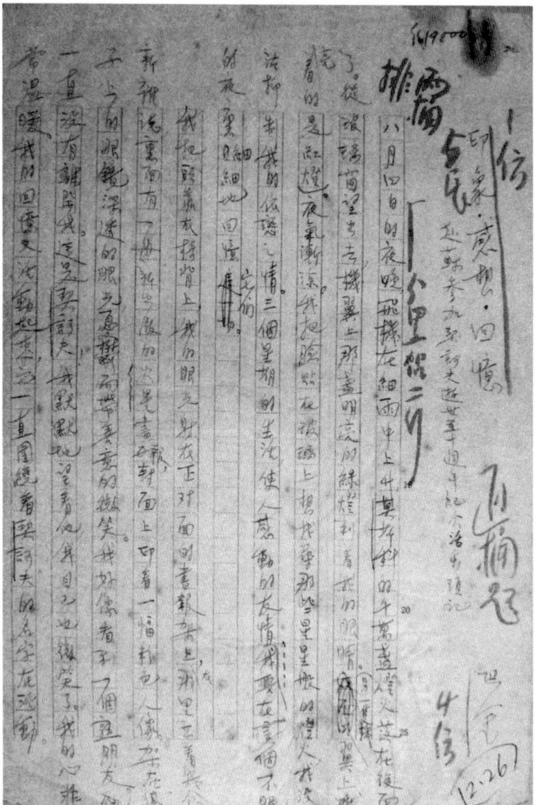

《印象·感想·回忆》一文手稿

《谈契诃夫》初版书影

巴金译《回忆契诃夫》(高尔基著)初版书影

出版说明

1954年7月13日至8月4日，巴金应邀赴苏联参加契诃夫逝世五十周年纪念活动，本书是此行的产物，他自谦说只是“写一些个人的印象、感想和回忆”。巴金曾对苏联汉学家说过：“旧俄作家我特别喜欢托尔斯泰和屠格涅夫。后来也喜欢高尔基与契诃夫。”（巴金1957年9月27日致彼得罗夫信）本书也是他多年阅读和编辑出版契诃夫作品的心得，也是他著作中少有的带有学术性的随笔，他对契诃夫的一些看法至今仍然值得注意。

《谈契诃夫》，平明出版社1955年5月初版。曾作为“名人谈名人”系列丛书之一种，易名《简洁与天才的孪生：巴金谈契诃夫》由东方出版社2009年11月重印过。部分篇章曾收入《巴金选集》第九卷（四川人民出版社1982年10月版），后全部文字收入《巴金全集》第十四卷（人民文学出版社1990年3月版）。

此次据《巴金全集》排印，个别文字和用法仍保持原貌，并未根据当下编校规范修改和统一。附录部分为本书编者所增。

目　录

谈契诃夫

附　录

谈契诃夫

前　记

这里的五篇谈契诃夫的文章并不是什么专家的研究报告，不过是一个学习写作者的一点肤浅的体会。我喜欢契诃夫，也读过他的一部分作品，但是我始终不曾作过有系统的、专门的研究，也就没有独到的见解。因此我在这里只能写一些个人的印象、感想和回忆。这些虽然浅薄，但里面有我自己的话和我自己的看法。我觉得契诃夫是谈不完的。

对于我们，他的作品是一个取之不尽、用之不竭的宝库，我们必须更好地向他学习，也应当更多地读他的作品，谈他的作品。

我把这本小书献给我去年在苏联认识的几位朋友：著名的作家康·费定同志，苏联作家协会对外联络部的阿卜列钦同志，麦德威节夫同志和卡巴克切维亚同志，齐娜以达·杰格佳列娃同志和亚历山大·何黑罗夫同志。没有他们的帮助，我写不了这本《谈契诃夫》的小书，我愿意在这里向他们表示深的谢意。

巴金　1955年3月。

印象·感想·回忆*

——赴苏参加契诃夫逝世五十周年纪念活动琐记

一

八月四日的夜晚，飞机在细雨中上升，莫斯科的千万盏灯火落在后面了。从玻璃窗望出去，机翼上那盏明亮的绿灯刺痛我的眼睛（另

* 本篇最初发表于一九五四年十二月十五日《文艺月报》十二月号。

一只机翼上亮着的是红灯）。夜气渐凉。我把脸贴在玻璃上想找寻那些繁星般的灯火，三个星期的生活，使人感动的友情……我要在这个不眠的夜里细细地回忆它们。

我把头靠在椅背上，我的眼光射在正对面的书报架上，在那里立着几份新杂志，里面有一册新出版的《火星画报》，封面上印着一幅彩色人像。架在鼻子上的眼镜，深透的眼光，忧郁而带善意的微笑。我好像看到一个熟朋友。他一直没有离开我。这是契诃夫！我默默地望着他，我自己也微笑了。我的心非常暖和。我的回忆又活动起来，它一直围绕着契诃夫的名字在活动。

安东·巴甫洛维奇·契诃夫，他的名字引着我走了多少里路，从北京到莫斯科，又从莫斯科到克里米亚。我到莫斯科的第二天就参加了契诃夫纪念馆的开幕典礼，从莫斯科回国的前一天我又赶到那个纪念馆去。在过去三个星期的中间那个伟大作家的面影始终没有离开我的脑子。我到处都看到它，想到它。八月三日我赶到契诃夫纪念馆去告别，离闭馆的时间只有十分钟，站在那么多的照片和绘画前面，我才感到我对契诃夫的认识是多么地浅薄，我才知道我多么爱他。可是管理员都换上了皮鞋准备走了。楼上陈列室里还有一对青年男女对着《海鸥》的剧照在讲话。他们也准备走了。我走到楼梯口正要迈步下楼的时候，我还回过头去。我真愿意把这里的一切全收在眼底，印在心上。

二

我的回忆就是从这个纪念馆开始的。那一所杏红色墙壁、蓝色屋顶的小洋房和入口的黑色铁栅门非常鲜明地出现在我的眼前。告别的那一次，我从纪念馆出来，和招待同志齐娜、翻译同志沙夏散步到斜对面的动物园去，站在门口等车。纪念馆门前没有一个人，只有几个带笑讲话的少女在人行道上走过。可是纪念馆开幕的那一天，我跟德国小说家勃赖特尔和罗马尼亚诗人别纽克在门前下了车就只见万头攒动。人们不仅塞满了铁门里的巷子，连铁门外人行道上也站了不少的人。苏联作家协会的一位工作同志领着我们走进铁门穿过人丛中走到楼房侧门的阶前。四周是一片嘈杂的人声，每张脸上都露出兴奋的表情，各种颜色的衣服在我眼前晃动。我听见有人低声说："好热！"到了四点钟，苏联文化部长亚历山德洛夫走上讲台，人们马上静了下来。所有的眼睛都向着那个活动的小讲台。这是庄严而朴素的典礼的开始。讲话的人一共有四个。除了最后的一位，他们全用简单而有力的句子说明契诃夫对苏联人民和苏联文化的贡献，说明契诃夫纪念馆的成立是苏联人民文化生活中的一件大事。最后讲话的是苏联人民演员克妮碧尔—契诃娃，她是伟大作家的妻子，在他的最后的岁月中给了他无限温暖的人。她今年八十六岁了。她在一个女同志的扶持下踏上了讲台。她把两只手压在桌面上，激动地望着台下的人群，声音颤抖地说了两三句话。她说出了她的感动和感谢。好些年以前我就看过她的照片：她带着愉快的笑容跟玛利亚·契诃娃一起站在契诃夫和他母亲的背后……还有《万尼亚舅舅》中的叶林娜，《三姊妹》中的玛霞，《樱桃园》中的朗涅夫斯卡雅……契诃夫的中国读者中谁不爱这个天才女演员呢？我刚读过她那篇讲她跟契诃夫同游雅尔达的回忆。那是一八九九年（她认识契诃夫的第二年）的事，契诃夫正在雅尔达修建他那个朴素的别墅，他邀请她到雅尔达去度假日。这应当是他们的爱情开始的时期。今天她还戴着旧式的帽子，穿着旧式的衣服，她望着眼前无数充满朝气的青年男女（他们全是让那一个人的纪念引来的），她怎么会不感动呢？这个慈祥的老太太比照相上那几个想改变自己生活方式却没有力量脱出庸俗圈子的少妇或中年妇人显得龙钟了。可是我注意地看那一对眼皮起皱纹的眼睛，我看到了爱的光芒，我看到了喜悦的光芒。她吃力地走下了讲台，还是那个女同志搀扶她。她慢慢地挥着扇子。天气太热了，苏联同志说，几十年来莫斯科没有像今天这样地热过。

人好像愈来愈多。拿这个小院子来说，

人的确太多了。我没有看见亚历山德洛夫揭去盖在门墙上那块纪念石上面的布，可是我后来看见了灰白色花岗石上的刻字："伟大的俄罗斯作家安东·巴甫洛维奇·契诃夫在一八八六年到一八九〇年中间曾经住在这里。一九五四年立。"正门打开了。人们兴奋地拥进去。橡木门上钉着一块铜牌："安·巴·契诃夫医生。"我们的作家生前还在这里行过医。里面地方不大，房间不多。我的第一个印象是：仿佛回到了鲁迅纪念馆。自然，两个纪念馆的布置有相似的地方，而且两个伟大作家的生活的朴素和简单也相差不远。楼下的房间里全是人，楼上的房间里也挤满了人。每个人都想在很短的时间内接触一个伟大作家的一生。我没法在一张照片、一幅画或者一个陈列柜前面停留多久。照片的大部分是我们熟悉的，还有书籍、报刊、信件和一些小东西：它们说明了一个作家的成长。在那个挂满小说插图原稿和剧照的房间里，电影厂的摄影师正在工作，水银灯发出强烈的银光。我在那里遇见契诃夫纪念筹备工作委员会主席康·费定，他像欢迎熟朋友似地跟我握手。我第一次看见《初欢》的小说家。他那亲切的笑容，潇洒的态度，有风趣的谈话和魁梧的身材留给我很深的印象。他和一个十八九岁的青年站在摄影机前面，等到摄影师“发命令”的时候，他把我也拉到他的身边去。他告诉我年轻人是契诃夫的侄孙。还有一个胖胖的中年人，和我同来的翻译同志沙夏告诉我，他是契诃夫的侄儿。这两位“契诃夫同志”都是画家。后来在墓地上、在纪念大会上我都看见他们，可是我们没有交谈的机会。我想，中年人应该是好几幅铅笔画（雅尔达故居写生和契诃夫像）的作者吧。

再后，在契诃夫诞生地大冈罗格的中学校里参观伟大作家的纪念室，我看到了一张契诃夫的侄孙描绘的画像。

从楼上我又回到楼下，走过陈列室，进到作家生前的工作室了。房门口贴着墙放了一张极普通的写字台和一把椅子。靠壁有沙发，屋角有书架，架上歪斜地立着一些旧书。齐着写字台向外的一头拉了一根绳子到对面墙上，把沙发和书架都拦在里面。书架旁边还有一道门通到临街的小屋，我站在绳子前面，伸出头去，可以望见那间屋子的一角。女管理员也给拦在绳子里面。我问她小屋里有什么。她说这是契诃夫生前的寝室。现在还没有布置好。我站了一会儿又朝前走去。前面也是一间临街的小屋，屋子里有一个陈列柜摆在正中，柜子里放得有契诃夫好友列维坦的绘画用具。这间小屋跟契诃夫的寝室是同样形式，同样大小的。站在小屋门口，我可以想象契诃夫的多么简单、多么朴素的生活。

三

第二天（七月十五日）是契诃夫逝世五十周年纪念日，上午十一点钟我们坐车到“新圣母修道院”去扫墓。我们（勃赖特尔、别纽克、我、再加上保加利亚作家斯托扬诺夫夫妇）在寺院前门就下了车，等我们走到公墓的入口，人已经排了一长列了。我们走进坟场，穿过小径，到了契诃夫的坟前。坟墓四周都是人。人们更集中在一条顺着墙的路上。在那里我看到了许多熟面孔，都是在这两天里面认识的。一张熟面孔对我微笑，我记不起我在什么地方见过这个老人的和善的笑容。

他过来跟我握手的时候，翻译同志沙夏向我介绍：诗人马尔夏克。哦，我见过他的照片，我太熟悉他的名字。我不久以前还反复地阅读他关于译诗的谈话，向人介绍他那精确的见解。他今天扶病到这里来向他热爱的前辈致敬。我看见马尔夏克转过身，慢慢地走开，在人丛中不见了。我想起他最近写给中国孩子的一首诗：

> 莫斯科离开上海很远很远，
> 可是让我的一行一行诗
> 像一群飞快的燕子那样，
> 飞向千百万中国的孩子……[1]

以后我就没有再看见他。他一定回到疗

① 引用《儿童时代》上的译文。

养院去了。没有能够把中国孩子的关心和感谢带给他，我感到万分遗憾。

仪式马上开始了，正是在十二点钟。主持的人是费定。他第一个到墓前去献花圈。许多大花圈一个接着一个地安放到墓前铁栏外面。我和勃赖特尔、别纽克、斯托扬诺夫四个人抬着一个带架子的大花圈走到契诃夫的墓前，那座深灰色大理石墓碑已经隐在鲜花中间了。让更多的玫瑰花装饰他的坟墓吧！它们使人想起雅尔达别墅的花园。契诃夫仍然睡在他喜欢的玫瑰花的芬芳里。

费定是第一个讲话的人，我还记得他最后的几句话："我们聚集在这座坟墓跟前，在这个朴素的纪念碑跟前，怀着感激的心情向我们的永远活着的契诃夫致敬，感谢他用来使我们生活丰富的一切。"接下去是谢·格拉西莫夫代表全苏保卫和平委员会，俄罗斯人民演员符·阿尔洛夫代表莫斯科艺术剧院，院士维·维诺格拉多夫代表苏联科学院，诗人别纽克代表外国作家向伟大的死者致敬。

典礼结束以后，我和沙夏走到契诃夫墓前去告别。克妮碧尔在铁栏杆里面，契诃夫的侄儿在她的旁边。我站在栏外。她正转过身来，看见了我，满是皱纹的脸上露出和蔼的微笑。契诃夫的侄儿向我点头，她向我伸出手来。我握了她的手，我说我是从北京来参加这个典礼的。她迟疑一下，契诃夫的侄儿在她的耳边把我的话重说一遍。她亲切地说，她看见我好像看见亲人一样。可惜她没法到中国去。我告诉她，契诃夫的中国读者都知道她，都爱她，又说我从中国给她带来一件礼物。她笑着，点着头说，她听到这个很满意，而且她高兴接受从中国带来的礼物。她住在乡下，参加了纪念会就要回去。塔斯社摄影记者拿着相机过来给我们拍照，我和克妮碧尔—契诃娃又握了一次手。然后契诃夫的侄儿扶着她从半开的铁栏门走出去了。我把那个小屋似的墓碑望了一会儿，还有屋顶似的碑盖和上面那三根矛尖似的东西。墓碑还是作家的妹妹设计的。对于疏忽的眼睛，这多么不像一个伟大作家安息的地方，可是这样朴素的装饰又多么适合契诃夫。就在这近旁一根黑色圆柱上，立着另一个俄罗斯伟大作家果戈理的崭新的胸像。我想象着两个现实主义的大作家在静寂的墓园里交谈。他们的坟墓隔得这么近。契诃夫一定高兴有“俄罗斯最伟大的作家”[①]做他的邻人。作为一个作家，契诃夫继承而且发扬了果戈理的传统。

① 契诃夫在一八八九年给苏瓦林的信中说：“他（指果戈理）是俄罗斯最伟大的作家。”

四

晚上七点半钟在工会大厦圆柱大厅举行的契诃夫逝世五十周年纪念大会上，我又见到了克妮碧尔—契诃娃。她穿一件黄色的新衣服，现出非常兴奋的样子，坐在主席台上，注意地倾听报告和发言，偶尔也点头回答旁边一位女同志的低声问询。大会结束后还有盛大的音乐会。会一直开到一点多钟。可是不等发言完毕奥尔加·莱奥纳尔多夫娜让人扶着走了。我以后也没有在莫斯科再看见她。后来听说她回到乡下去了。我动身去南方的时候托人带了口信给她。从雅尔达回来，我知道口信已经带到，可是我不久就动身回国了。

大会还是由康·费定主持。这是一个庄严隆重的纪念会。灯光辉煌的厅子里坐满了人。

从台上望下面，这个厅子真长，人也不少。可是我听不见私下谈话的声音。眼光全集中在主席台右角的讲台上，《契诃夫传》和《契诃夫的剧作》的作者符·叶尔米洛夫在那里作了一个多钟头的关于契诃夫的生平与创作的报告。报告的要点跟最近译成中文的那篇《契诃夫论》差不多，不过讲得简单些，讲得浅些。他说出了我们大家心里的话："契诃夫的名字对于全体进步人类是很宝贵的。……"他的报告赢得了热烈的掌声。接着是各国的来宾讲话，他们把各国人民热爱契诃夫的心带到会上来，用各种不同的语言向俄罗斯伟大的作家致敬。我说，全世界善良人民的心由于这个伟大死者的纪念而更贴近地连在一起了：这是多么令人欢欣鼓舞的景象。

音乐会占去了相当长的时间，可是节目都很精彩：有彼得·柴科夫斯基和谢尔该·拉黑马尼诺夫的乐曲和短歌，有契诃夫的戏，有契诃夫小说的朗诵。表演和歌唱的人都是人民艺术家和功勋演员。拉黑马尼诺夫当时是一个年轻的作曲家和钢琴家，他是雅尔达别墅的常客，还在饭厅里弹过钢琴。柴科夫斯基则是契诃夫敬爱的前辈友人。契诃夫在一八八九年出版的小说集《阴郁的人们》就是献给他的。契诃夫还写信给朋友说："我很喜欢他的音乐，特别是《奥涅金》。"斯大林奖金获得者苏联人民演员伊·科兹洛夫斯基就在会上唱了《奥涅金》歌剧中连斯基的咏叹调。另一个获得斯大林奖金的人民演员伊·伊林斯基朗诵了契诃夫的小说《变色龙》。他是沙夏很喜爱的表演家。他真是一个讲故事的能手，他把整个厅子的观众都引笑了，坐在我前面的满头白发的老作家，新近发表了《作家的道德》的革拉特科夫和他的小孙女（？）都几次发出了笑声。独幕剧《房客》更引起了普遍的大笑。在实现了普遍的幸福的今天，看到那些庸俗的小人物的悲剧，仿佛又听到契诃夫的责斥的声音：“不能够再这样生活下去，”谁也无法制止对契诃夫的感激之情。

莫斯科艺术剧院在这里演出了契诃夫名剧《万尼亚舅舅》的第三幕。这是非常精彩的演出。没有布景，只有几件简单的道具，但是我们看到了真实的生活。这一幕是全剧的高潮：万尼亚舅舅看穿了自己一生崇拜的偶像，索尼雅泄露了她的痛苦的秘密，阿斯特罗夫向叶林娜表白了爱情，教授当众宣布要卖房产，最后万尼亚舅舅带着悔恨和愤怒向教授开枪……沙夏在我旁边不绝地称赞扮索尼雅的黑罗莫娃的演技。其实哪一个演员又不出色呢？给我印象最深的还是B. 阿尔洛夫扮的万尼亚舅舅。

第二天晚上在莫斯科艺术剧院里我又看到《万尼亚舅舅》的第三幕，这一次的演出用了布景，而且演的是整个戏。我带了焦菊隐同志的中译本去看戏，所以我了解全部的台词。从一开始，戏就抓住我，我跟戏中人一块儿生活下去，一幕接着一幕，到最后房产留下来，教授同万尼亚舅舅和解了。他答应继续为教授工作。教授夫妇回到城里去了，万尼亚舅舅交出了他从医生那里偷偷拿走、打算用来自杀的吗啡，阿斯特罗夫医生也走了，索尼雅拿着蜡烛送他出去，万尼亚舅舅俯在写字桌上面写了两行字，又停下来，听到外面传来的马铃声，现出无可奈何的痛苦的表情，我差一点也跟着他流出了眼泪。再没有比这个为着虚假的“偶像”浪费了自己一生的悲剧更令人痛心的了。“你可真不知道我有多么痛苦啊！”万尼亚舅舅对他的外甥女（教授前妻的女儿）索尼雅说。那个爱着人而得不到回答的索尼雅声音激动地答道：“我们要继续活下去……我们就会看见光辉灿烂的、充满愉快和美丽的生活了。……我们就会终于尝到休息的滋味了。……我虔诚地、热情地这样相信啊。”她跪在他面前……拥抱他……幕在她的“啊休息啊”声中慢慢地落下。

接着是片刻的静寂。然后突然爆发了暴风雨般的掌声。跟着是接连的谢幕。

我没有像高尔基那样地哭过。但是走出戏院我很兴奋，我觉得我的心灵里充满了好的东西，我的身体内充满了生命力，我需要为着别人献出它们。契诃夫的作品有着鼓舞人的力量。它不仅揭露了在当时社会中占上风的“庸俗”的丑恶面貌，责备人“不能够再这样生活下去”，它还加强人们对于未来、对于人类美好前途的信心。契诃夫的善良的主人公在任何艰苦或者悲惨的情形下都没有失去信心，而且也没有失去对工作、对劳动的热情。万尼亚舅舅说：“工作吧……赶快来工作吧！”四年前我在这个戏院里看过契诃夫的另一剧作《三姊妹》，在闭幕前女主角之一的伊里娜也说：“我们应当工作，只有去工作！”

但是《海鸥》中男主角特里波列夫却失去信心自杀了。隔了一天我在瓦赫坦诃夫剧院里看了《海鸥》的演出。我仍然把中译本《契诃夫戏剧集》带在身边。特里波列夫是被庸俗势力杀死的。年轻的女主角“海鸥”妮娜虽然经历了受侮辱被践踏的无名女演员的悲剧，她却“感到自己的精神力量在一天比一天地扩张”。她仍然“有信心”。

《海鸥》被称为“契诃夫作品中最复杂的

剧本”，有人说它难懂。我走出戏院以后一直不能把它忘记。后来有一天我们访问了契诃夫的故乡大冈罗格以后，坐船在列宁大运河上航行，我和二十五岁的沙夏躺在甲板上两把并排放着的帆布椅上，望着沿岸美丽的景物，我们谈起契诃夫的戏来。我手里正拿着刊载《契诃夫论》的《译文》杂志。我们谈起《海鸥》，我对他说我不同意叶尔米洛夫的说法：“《海鸥》中的主题是事业。只有有事业心的人才能在艺术中取得胜利。”我认为它的主题是：青春，被庸俗势力摧残、毁灭了的青春。“海鸥”一共有两只：两个纯洁的热爱艺术的外省青年，妮娜和特里波列夫（单想象看他有着什么样的环境和多么自私自利、自高自大的母亲，那个名演员在银行里存着七万卢布，却让儿子连一件外衣也没有）。他们怀着同样的渴望，飞向天空找寻新天地。庸俗势力接连不断地向他们射出明枪暗箭。一只海鸥带着创伤抱着更大的信心继续往前飞，另一只受伤很重跌下来死了。他自杀，因为他没有坚强的信仰，没有行动的力量。可是难道妮娜就有行动的力量？难道另一个成名的小说家特里哥林就有行动的力量吗？我不相信妮娜就是“一只自由的鸟高高地飞向太阳”。契诃夫的剧本里还没有这样积极的人物。我更不相信那个承认自己“从来没有过自己的意志”的“特里哥林的形象跟契诃夫自己的不少思想结合着”。固然契诃夫借特里哥林的嘴说过他的写作生活的甘苦（契诃夫常常把他想说的话借小说或戏剧的主人公的嘴说出来）[①]，可是他也把他的

① 列夫·托尔斯泰很喜欢这一段话，认为它是这本戏里最好的东西。他说：契诃夫应该把它单独发表，或者放在信里。他认为这段话是契诃夫的自述。

好友列维坦射杀海鸥和自杀未成、拉掉绷带的故事写在特里波列夫身上了。我想他一定更同情有**自己的意志**的特里波列夫。契诃夫素来喜欢青年作家，而且在特里波列夫身上至少看不到庸俗的成份！

从《海鸥》又谈到《万尼亚舅舅》，我还是不同意叶尔米洛夫的说法：叶林娜是猛兽。“她自己毁了，还要毁掉别人。……凡是一切美的、伟大的、富有人性的东西，只要被她碰到都要被她毁掉。”我说：“《万尼亚舅舅》的主题倘使是‘白白地毁灭的美’，那就是说：庸俗势力、不合理的社会制度毁灭了人生的美。”叶林娜（我看到苏联人民演员塔拉索娃两次出色的表演！）绝不是一只猛兽。她自己就是被庸俗势力的一个代表（那个教授）毁掉了的。她连弹琴的权利也被剥夺了。她已经看穿了她过去那个“偶像”。

她不知道说了多少次："你简直叫我忍耐不下去了！"可是她有行动的力量吗？戏上写得很明白：她跟着她并不爱的教授丈夫回到城里去了。所以在这里我又听到了契诃夫的责备："不能够再这样生活下去。"要是她能够改变生活，她还可以救出自己来。

沙夏不一定赞成我的见解，但是他也没有明白地反对。他只是笑了笑。

我想起了契诃夫自己的话。契诃夫在临死前两年曾经对大学生亚·吉和诺夫说："您告诉我有人看我的戏在哭。我也听见别人说过这样的话。可是我写它们的时候用意并不是这样。使我的人物变成哭哭啼啼的婴孩的是亚列克赛也夫[①]。我想老老实实对人说的话

① 亚列克赛也夫：即斯坦尼斯拉夫斯基（K. C. Станиславсий，1863—1938）。

就只是：‘看看你们自己，看你们过得多糟，多无聊！’重要的事情是人们应当知道这个，因为要是他们知道了，他们一定会为他们自己创造出另一种更好的生活来。我不会活着看到那种生活，可是我知道它会是一种完全不同的、跟我们现在生活完全两样的东西。只要是这种不同的生活一天不存在，我就要不断地反复对人说：‘您得明白您的生活很糟而且无聊！’这有什么可哭的呢？”

契诃夫自己解释得多清楚。

五

我去瓦赫坦诃夫剧院看《海鸥》演出的前一个晚上，参加了纪念契诃夫逝世五十周年的晚会。请帖十四日就送来了。晚会预定于十七日下午七点半钟在高尔基文化公园露天剧院里举行。十七日是阴天，到我们动身去公园的时候忽然下起雨来了。我们披着雨衣走进了剧院的后台，那里已经到了不少的人，有坐的，有站的，他们一面躲雨，一面商量办法。费定拿着手杖出现了。他笑着问我："你不怕雨吗？"我说："不怕。"他笑笑说："这样大的雨不会久。雨住了就开会。"一个身材高高的人走过来，手里拿着一个文件夹，在我旁边坐下了。沙夏很热心地给我介绍：这是作家楚科夫斯基。我读过他的《好医生》。他用英文跟我谈了几句话。雨一直不停，他安静地打开文件夹翻看稿子。有几位同志在旁边商量改期或者改换地点。也有人主张静候雨住。可是雨声愈来愈大，更多的人打着伞进来了。后台地方狭小，容不下许多人，他们又退了出去。费定着急地踱来踱去，他也还没有打定主意。但是到九点钟光景雨终于住了。一个同志说："开会吧。人给雨赶走不少。不过还有一两千人。"沙夏告诉我：这个剧院可以容纳一万多人。楚科夫斯基说："留下来不走的都是契诃夫的忠实读者啊。"

主席台上照得通亮。地板还是湿的。可是铺着红绒布的长条桌子上没有一点雨迹。下面的听众都穿着雨衣。天上的黑云逐渐在飞散，夜相当凉了。晚会的主席仍然是费定。阿尼西莫夫致开会辞。接着有几位加盟共和国的作家发言。楚科夫斯基也讲了话。他走上讲台就得到一阵热烈的鼓掌声。他说，他在学校念书的时候读到契诃夫的《弗罗嘉》，他觉得那个中学生就是他。他喜欢契诃夫的作品。他常常放下书就看见那些"小人物"在窗上晃动。他在生活里到处都碰到他们。欧美资产阶级的批评家故意歪曲地宣传契诃夫的悲观和厌世主义。但是契诃夫的读者都知道契诃夫对他的小人物是怀着热爱的。契诃夫警告他们：不能再这样生活下去。契诃夫不是在谴责他们，却是在谴责那个使他们日趋毁灭的现实。……

我想起了高尔基在某一个时期对契诃夫作品的评价：契诃夫首先谴责的不是个别的主人公，而是产生他们的社会制度；他悲悼的不是个别人物的命运，而是整个民族——祖国的命运。

会开得短，一个钟点就结束了。接下去是星期六晚上的夏季音乐会。我们退到后台去的时候，音乐家们已经拿着乐器进来了。告别的时候，费定拿起斯托扬诺夫夫人的手到嘴边吻一下，说："今晚上您讲得短，到雅尔达请再讲一次。"她在今天的晚会上也讲过话的。对别纽克和我，费定说："希望你们有一次愉快的旅行。”

我们搭七月二十一日的夜车离莫斯科，特别为我们挂了一节“国际卧车”。勃赖特尔飞到捷克参加国际电影节去了。斯托扬诺夫夫妇留在莫斯科进疗养院，到雅尔达去的只有别纽克和我两个，齐娜和沙夏担任照料我们的工作。

六

二十三日晚饭后我和沙夏在雅尔达海滨散步。我第一次来到黑海边，呼吸南方的夜气，我感到非常愉快。海滨马路相当宽，路灯照亮得像在白天一样，可是行人却比在白天多。人们穿得整整齐齐、三五成群地来来往往，有说有笑，或者低声唱歌。微风吹动了路旁的马樱树，送过来手风琴的快乐的声音。在斯大林铜像下面，三四对青年男女在跳舞，他们的脸上闪着幸福的光。一对中年的夫妇带着一个十岁上下的小孩，走过我身边，男的笑着向我打一个招呼。我记起来，下午我在列瓦狄亚宫总工会休养所里见过他。

我们已经走了一大段路了，路灯渐渐地少起来。沙夏向一个在树下休息的人问路，问他契诃夫的铜像立在什么地方。我用从容、闲适的眼光望着街心彩虹似的衣服的颜色，和光辉灿烂的笑脸，我有一种幸福的感觉。在“这个有着许多回忆的半岛”上我想起的不是关于可汗和英雄们的古传说，却是已经实现的人间的幸福，和在五十年前预言了这种幸福的到来的伟大作家契诃夫。这一大段路上一定有过契诃夫的脚迹。可是今天的美丽的雅尔达已经不是契诃夫时代的雅尔达了。

契诃夫在这个风景如画的山城里度过了

他最后几年的光阴。他的别墅就在这里。

第二天上午十点半钟我和别纽克一块儿到契诃夫的别墅去访问伟大作家的妹妹。苏联作家协会克里米亚分会秘书长米海洛夫和我们同去。

车子停在别墅门口，我们转进院子里去。这是一个空旷的草坪。门半掩着，门前两把木椅和右边树下一个长凳上都坐满了人，还有人坐在台阶两旁的栏杆上。院子里右边有一张桌子，好些人围着它在买画片和说明书。房屋的左面突出来那个有玻璃窗的阳台。这就是小说家库普林所说的“雅尔达的最别致的建筑物”了。一个馆员出来了，她和米海洛夫谈了几句话。我正在桌子前面挑选画片，沙夏来告诉我：玛利亚·巴甫洛夫娜·契诃娃在等我们了。

玛利亚·巴甫洛夫娜在门内迎接我们，

把我们引到饭厅里去。这饭厅也就是契诃夫生前接待客人的地方。饭厅里一头放着食具橱和钢琴，另一头放着两把沙发，沙发旁边还有一张长躺椅，上面放三个靠垫，屋中间放一张长餐桌，除了靠食具橱的一面外，还放得有几把椅子。玛利亚·巴甫洛夫娜在沙发上坐下来，她坐在别纽克和我的中间，我坐在她左面长躺椅的一个角上，沙夏坐在我旁边。同来的人有的坐在椅子上，有的站在餐桌前翻看我带来的书报、剧照和木刻像。

玛利亚·巴甫洛夫娜兴奋地和我们谈了几句话。她无论如何都不像一位九十一岁的老太太。她看起来年轻得多。她的面貌像她的哥哥：椭圆形的脸，和善的表情。可是在她脸上看不到那种忧郁的微笑。她的助手叶令娜·非立波夫娜，一位中年的太太，把剧照和木刻像一一递给她看，沙夏在旁边翻译我的说明。她很满意这些从中国带来的东西。她很高兴中国人民也知道她的哥哥，也爱她的哥哥，她嘱咐叶令娜·非立波夫娜马上把书报陈列起来。

玛利亚·巴甫洛夫娜亲自领我们到每间屋子去参观。她先到那间跟饭厅相连的阳台去。阳台上装了玻璃，盖上屋顶成了一个美丽的厅子。里面有一张铺着台布的小餐桌。夏天，契诃夫一家人和外客就在这里喝茶，休息，常常一直坐到天黑。窗外便是花园。一园子的绿色从玻璃窗映到厅子里来。契诃夫一生喜欢花，喜欢树。他在一片荒地上盖起这个别墅，种起这个花园。可是他活着的时候，并没有看到绿叶成荫。当时雅尔达的常客库普林就这样描写过："花园小，一点也不茂盛。"

"这一棵柏树，"玛利亚·巴甫洛夫娜指

着窗外一棵显得特别高而尖的茂密的柏树对我们说，“是我们得到哥哥死的消息以后栽的。现在它已经长得这么高了。哥哥死在德国南部的巴登维勒尔。只有奥尔加·莱奥纳尔多夫娜在他身边。我、母亲还有伊凡和米海尔，我们后来到莫斯科去参加他的葬礼。哥哥临死前三天还写信给母亲和我，说打算从海道回来，要我们打电报告诉他轮船的航期和船上的情况。可是他竟然永远不回来了。”她的声音颤得更厉害，她的眼圈也红了。我不敢看她眼睛里包的泪水。五十年前的旧事还使她这样地激动。

我们又走进饭厅隔壁的书房。第一眼就看见对面那个拱形大窗。房间不大，陈设也很简单，可是小说《在峡谷里》和剧本《三姊妹》、《樱桃园》都是在这里写成的。就在那张现在罩上了玻璃的写字台上，我仿佛还看见契诃夫俯下头写字的身形。他坐在写字台后面一张长榻上，背后还有三个靠垫。长榻刚好放在一块凹进去的地方。写字台上有一对烛台，还插着四枝燃过的蜡烛。其中的一枝只剩下三分之一了。据说契诃夫喜欢在烛光下面写文章。他一定对着它们构思、沉吟。可惜不会说话的蜡烛不能告诉我们他的写作的故事。两个烛台的中间有一个较大的墨水盒。墨水盒前有四只小象，两只黑象身子比白象大一倍，这是契诃夫从库页岛回国经过印度时带回来的纪念品。另外还有一只小小的短腿狗。一根里面插了四枝钢笔的笔筒，一个医生用的日历，和一束还没有拆开的邮件，那里面还有园艺方面的报刊。契诃夫喜欢在园子里工作，自己种树栽花，想“在自己那块小小的土地上做他所能够做的事”来使土地美化。的确，从拱形大窗的三面玻璃窗望出去，外面是一片多么美丽的土地。写字台的左端靠着矮矮的窗台。早晨拉开齐地的窗帷，阳光就照到他的书桌。书桌右面紧靠着一张铺了桌毯的小方桌，桌上放一个花瓶。方桌旁边有一张沙发，契诃夫吃过午饭后喜欢坐在这里读报、休息。这张沙发正对着一个用棕色荷兰砖砌的壁炉。一幅小小的风景画嵌在壁炉的上半部："月夜里的干草堆。"这是列维坦画的。这里有一个故事。契诃夫非常喜欢俄国中部的大自然。他搬到雅尔达以后很怀念北方的景物。一八九九年十二月底画家列维坦到他家里作客。有一天晚上列维坦坐在这张沙发上，契诃夫在屋子里走来走去，他说，他在雅尔达见不到北方的景物，很感寂寞，列维坦就掉头对当时在场的玛利亚·巴甫洛夫娜说："玛霞，请给我拿张图画纸来。"她把纸拿来了。

他裁好纸，钉在壁炉上，不多不少在半点钟里面就画好了一幅画。第二年正月二日契诃夫写信给克妮碧尔说：“列维坦在我这里。他在我的壁炉上画出了割草时期的月夜。草原，草垛，远处的树林，月亮照在这一切的上面……”可惜几个月以后列维坦就去世了。

壁炉旁边一张小桌上立着金次堡雕塑的列夫·托尔斯泰的全身像。契诃夫非常尊敬托尔斯泰。托尔斯泰也很喜欢他。有一天托尔斯泰在日记里写着：“契诃夫来看我们，我喜欢他。他很有才能，而且他的心一定善良。”托尔斯泰喜欢契诃夫的文章，称他做“散文中的普希金”。

书房里还有很多过去的照片，一部分是契诃夫和他家族的，它们展开了一个大作家的四十四年的生活。更多的一部分是他的友人的照片，在那些照片上可以看到托尔斯泰、格里戈洛维奇、柴科夫斯基、柯洛连科、高尔基、夏理雅宾、斯坦尼斯拉夫斯基的签名。

靠窗的一个角落还有两扇镂花的门，通到睡房去。门内角落里墙壁上装得有一架老式电话机。契诃夫常常用它跟高尔基、托尔斯泰和别的在雅尔达附近的友人通话。别人打给他的电报也由电话机转过来。《万尼亚舅舅》在莫斯科艺术剧院第一次上演的时候，契诃夫得到了祝贺的电报，他自己写过这样的话："……二十七日晚上电报来的时候，我已经上床了。这是由电话机转来的。我给惊醒了，光着脚挨着冻在黑暗中跑到电话机跟前。后来刚刚睡着，电话铃又响了，接着又响了。我自己的光荣妨碍我的睡眠，这还是头一次……"

睡房更小，更简单。靠壁一张小小的铁

床上，铺着白床单，一个白枕头压在上面。床前放一张带抽屉的桌子，桌上有一本一九〇四年的《历史通报》，还有一只带绿色玻璃罩的烛台，插四枝蜡烛。契诃夫身体不好的时候，就穿着睡衣坐在床上看书，写文章。床对面放一个十九世纪的老式衣橱。这是从大冈罗格搬来的母亲婚前的衣橱。在契诃夫还是孩子的时候，他母亲常常把糖果藏在这里面，孩子们只有在吃过饭以后才得到糖果吃。契诃夫很喜欢这个衣橱，他把它写进《樱桃园》里去了。《樱桃园》第一幕中加耶夫说的“非常可爱、非常可敬的衣橱”就是它。

玛利亚·巴甫洛夫娜还领我们到楼上陈列室去。玻璃柜、玻璃镜框、照片、画像，还有契诃夫在莫斯科大学医科毕业时全班同学的照相，还有玛利亚·巴甫洛夫娜和尼古拉·巴甫洛维奇绘的风景画……这一切具体地说明了契诃夫各个时期的生活和他的创作的道路。还有一个玻璃橱，里面挂了一件皮大衣，这是他一八九〇年去库页岛调查流刑犯和苦役犯的生活时穿的。在他的睡房里还有他去库页岛时候用的提包。库页岛的旅行是非常艰苦的。长途马车中的生活，西伯利亚的寒冷气候对他的身体会有不利的影响。可是他终于坚持地完成了这次旅行，带了一本充满着崇高的人道主义精神的报告《库页岛》的腹稿回来了。

“库页岛的旅行可能使他的肺病发展。可是我哥哥是个富于同情的人，他很容易感受别人的痛苦。他知道什么不合理的事情，绝不能沉默。他观察锐敏，能够看到别人看不到的事。当时库页岛上还没有学校，他回来就寄书到那边去。那边有好多人一直记着他……”玛利亚·巴甫洛夫娜激动地说。

最后我们回到楼下装了玻璃窗的阳台上，别纽克和我先后感谢玛利亚·巴甫洛夫娜对我们的亲切的接待。她又告诉我们：“我们在莫斯科参加了哥哥的葬礼以后，回到雅尔达的荒凉的宅子来。嫂嫂奥尔加·莱奥纳尔多夫娜跟我们一块儿回来，她交了一封哥哥在一九〇〇年写好的信给我。这封信是准备在他死后用的。在信里他指定我做他的管理人和遗嘱执行人，他还把雅尔达的别墅送给我。我的愿望就是把这个别墅用来纪念我的哥哥，使它成为俄罗斯伟大作家契诃夫的纪念馆。我的目的终于达到了。现在，每年有八万以上的人到这里来参观。”

比玛利亚·巴甫洛夫娜年轻许多的叶令娜·非立波夫娜在旁边插嘴说：“玛利亚·巴甫洛夫娜为了忠实地表现安东·巴甫洛维奇

的生活，不使他的房间的陈设改变，她宁愿住在三楼，忍受上下的不方便。”

玛利亚·巴甫洛夫娜接着解释道：“我非常爱哥哥。我愿意把我的一生献给哥哥的纪念，献给他的事业，这不是为我自己，这也是为那些爱好他的作品的人，就是为着人民啊……”她的眼圈又红了，她微微低下头来。我知道她说的是真话。她不仅在她哥哥生前照料他，她还在他死后编印他的书信集，成立他的纪念馆，现在她还是雅尔达契诃夫纪念馆的馆长。

我们静了片刻，我声音略带颤动地安慰她：“全世界善良人民会感激您，为了您对于这个伟大作家的纪念所作的一切。这种感情是人类最崇高的感情。不止是您一个人爱您哥哥，我们都爱他，全世界善良人民都爱他。”

沙夏把我的话翻译给她听了。她感谢地点一下头，沉默了一会儿，她又说："今天我很高兴。中国人来了，罗马尼亚人来了。我哥哥生前想到中国去，他没法去，现在您来了，以前还有中国儿童来为我跳舞唱歌。您回去替我向中国人民问好啊……"

别纽克接着谈罗马尼亚人民热爱契诃夫的情形。齐娜像对着亲爱的老祖母讲话似地对玛利亚·巴甫洛夫娜谈了一些像她那样的年轻女子的感想。

最后玛利亚·巴甫洛夫娜在小餐桌前面坐下来，从叶令娜·非立波夫娜手里接过两张她自己的照片，慢慢地动着笔签好名送给我们。给我的一张是她在园子里玫瑰花下坐在铺着中国挑花桌布的小桌前面照的。

她把我们送到门前台阶上，恳切地握手行礼，接连地说："我感谢你们。"我走到院子里回过头去，还看见她站在台阶上招手。

我们在雅尔达一共住了三天。动身去罗士托夫的前一天下午参观了阿尔杰克儿童夏令营回来，我和沙夏又坐车赶到契诃夫纪念馆去告别。

我们跟着一群年轻的读者在各个房间走了一转，听一遍讲解员的解释。后来我和沙夏走到那个由阳台改建的玻璃厅子。叶令娜·非立波夫娜正坐在小餐桌前面，她站起来，亲切地欢迎我们。就在这间契诃夫生前常常和熟朋友聊天的厅子里，她向我们谈起契诃夫的写作生活。在楼上陈列室的玻璃柜里我们看见用细绳捆成一长叠的同样的旧邮票，一共有好几叠。玛利亚·巴甫洛夫娜告诉我们：契诃夫写作中构思的时候，常常把邮票一叠一叠地解开又捆起来。叶令娜·非立波夫娜不大同意这个说法。她说："安东·巴甫洛维奇是一个邮票的爱好者。”她又告诉我们：“契诃夫在二十多岁的时候写得很快，洗澡的时候也写了一篇小说。以后他就写得越来越慢了。他身体好的时候通常总是从早晨八点写到十二点。他说：在工作中灵感自然会来的。契诃夫是个非常好客的人。雅尔达别墅里来往的客人很多，各种各样的人都有，大家喜欢在这里玩、吃饭、聊天，全由他的妹妹照料。他有时候想到要写什么就一个人关起门来写东西。园子里有一个清静的角落，那里有一把很简单的木头长椅，契诃夫喜欢一个人坐在那里思索。高尔基来的时候，他常常和高尔基躲在这个角落里谈话，免得有人打扰他们。”

叶令娜·非立波夫娜陪我们到园子里走了一趟。她把我们带到那个清静的角落去。树荫里，有着用七根木条、两块木板、三条木腿钉成的两把连着的长椅，背后是石头矮墙。这长椅现在称为“高尔基椅”了。我怀着尊敬的感情把这古老的椅子望了一会儿。

对着满园的枝叶繁茂、开花结果的绿树，叶令娜·非立波夫娜感动地说：“这都是安东·巴甫洛维奇亲手种出来的啊。他来的时候，这里连一根草也没有。”旁边有一丛粉红的玫瑰花，开得正好。她摘下一朵递给我：“你带回去吧，这是安东·巴甫洛维奇喜欢的花。”

我向她道谢，也向她告别，已经过了闭馆的时间了。她紧紧握着我的手说：“希望你再来，希望还有中国的朋友来。”我请她替我问候玛利亚·巴甫洛夫娜。她说：“可惜她今天没有下楼，她昨天太兴奋了。”

我们的汽车顺着平坦的山路往下拐弯的时候，我还回头想从后面小玻璃窗去望耸立在绿树丛中的白色小楼，沙夏看着表说：“我们已经迟了二十多分钟了。”接着他又带笑问我一句：“你看够了吗？”我摇摇头，我惋惜地说：“再看十天我也看不够。”我心里想：“单靠这么两次匆匆地一看，我究竟了解多少呢？”

沙夏好像知道我的思想似的，接着安慰地再说一句：“不要紧，我们就要到大冈罗格去看契诃夫的故居，就是他在那里诞生的老屋。”

七

二十七日上午八点钟，我们，别纽克和我，齐娜和沙夏，从罗士托夫到大冈罗格去。我们是前一天坐飞机来到这个顿河岸上的大城市的。小汽车在路上走了两个钟头，陪我们同去的罗士托夫的诗人阿列尼奇一格涅宁科坐在我的车子里，一路上对我解释这几年来的变化和建设。车子开得很快，也颠得厉害。四周的景物都是一瞬眼就过去了。我们必须在下午两点前后回到罗士托夫，因为四点钟我们就得从旅馆动身去码头，搭轮船到斯大林格勒去。

十点钟光景我们的两部车子在大冈罗格市政府门口停下来。我们在那里耽搁了二十多分钟。我忽然想起了契诃夫在中篇小说《我的生活》里带着深厚的感情写的那几句话："我爱这个小城。它在我眼中显得那么美丽，那么温暖！我爱这一片绿树，安静、明媚的早晨……"

市政府的一位女同志陪着我们坐原车到契诃夫剧院去。这是一个不很大的两层建筑物，朴素的门面没有一点建筑上的装饰，门柱上钉了一块牌子，刻着这样的字：“大冈罗格剧院，安·巴·契诃夫在中学念书的时候，在这里看过戏。根据苏联政府的决定，剧院在一九四四年改称为安·巴·契诃夫剧院。”

剧院的负责同志出来接待我们，陪我们进去。我们参观了剧场。这个剧院是在一八六六年修建的，离现在八十八年了，可是看起来剧场还是像新的一样。场子不十分大，有三层半圆形的包厢座，连池座一起可以容纳九百个观众。契诃夫从十三岁起进剧院，他在这里三楼上看过不少的世界名剧：《哈姆雷特》、《钦差大臣》、《聪明误》……在那个时候中学生看戏不是一件容易事情。契诃夫的同学维西涅夫斯基讲过一个故事：“有一回学监维诺格拉道夫（就是那个当了学监马上剃掉胡子的人）在休息的时候站起来，背朝着舞台仰起头向顶楼上找寻我们的面孔。

不用说我们都没有穿制服。第二天在学校里维诺格拉道夫把契诃夫叫到面前去，说看见他穿便服在看戏。契诃夫不承认，说学监弄错了。学监坚持说，他认得契诃夫。‘那是我的双生弟兄，’契诃夫这样说。”

我们在工作室里见到一位年轻的导演，他正在和演员们讨论《海鸥》的演出。他们今晚就要在这里重演《海鸥》，据说内容略有改动，可惜我没法在大冈罗格住一个晚上，我也来不及听到导演的修改意见了。

我们离开剧院立刻到契诃夫图书馆和契诃夫文学博物馆去。这两个机构设在一个建筑物里。革命前并没有文学博物馆。文学博物馆还是在一九三五年契诃夫诞生七十五周年纪念日正式开放的。

这是一个朴素而又美观的建筑物。门前人行道上有一排绿树。正面门楣上突出来三行字："安·巴·契诃夫图书馆与博物馆"。下面是一排五面长格子玻璃窗。门在旁边，也是长格子玻璃门。我们进去，先到博物馆。管理员出来道歉说，陈列室里正在布置契诃夫的展览会，东西刚运到，乱得很。我们走进大陈列室，果然地上到处是木板、纸片，靠壁放了不少镜框，木匠在工作，人们在搬东西。在屋角我看到契诃夫的全身石膏像。在屋子的另一头有一面用布盖着的大木板，管理员把布揭开，我们看见了斯大林在卫国战争的艰苦日子里发表的一篇演说中提到的十六个伟大的名字，是用金字钉在木板上面的，另外还配上十六个人的彩色像。在这苏联人民引以为骄傲的十六个名字中间就有契诃夫。

管理员把我们引进另一间屋子，在书架上取下来几本契诃夫亲笔签字送给图书馆的小说集，还有一本高尔基签字送给契诃夫的《三人》。这些书为数不少，都是契诃夫生前送给图书馆的。契诃夫在十六岁时候开始进当时的市立图书馆，以后便常常去借书。冈察洛夫、屠格涅夫、别林斯基、塞万提斯以及别的许多作家的著作都是从图书馆借来的。契诃夫从这个图书馆得到益处，所以他离开大冈罗格以后还不断地送书来，不止是他自己的著作，他还买了许多书寄到大冈罗格。他帮助大冈罗格图书馆成立了外国图书部，他还为它买了不少的书，例如，一八九八年三月九日他从法国尼斯写信来说："为了打好外国图书部的基础，我把法国古典作家的著作都买齐了，日内就寄到大冈罗格来。一共七十个作家，三百十九册。"我们在他给高尔基的信（一九〇〇年十月）中也看到："现在寄上达——的书，读完后请寄下列地址：大冈罗格市立图书馆。寄件人请写：安·契诃夫。”在这些书中契诃夫本人签名的著作和友人签名送给他的书现在都转到博物馆来了。图书馆藏书在一九一三年只有一万三千多册，到去年却增加到十二万九千多册了。

走出博物馆，我们就到了图书馆，先参观了书库，然后到阅览室。阅览室中有好些人俯在长条桌上看书。我望着那些拿着笔动得很快的手，望着那些现出专心的表情的脸，我忽然想起八十年前的少年契诃夫来。我还记得他一个中学同学特洛西写的一段回忆：“在星期天和休假日我们很早就跑到市立图书馆，连续不断地看几个钟头，连午饭也忘记了……”

接着我们又到契诃夫中学校去，那就是契诃夫从一八六八年到一八七九年肄业的大冈罗格中学校。学校里有一间契诃夫的纪念室，墙上挂着契诃夫各个时期生活的照片，屋子中间那些台子上有书报，有用玻璃匣子盛着的模型。照片和书报都是我们熟悉的。模型我却是头一次看见：有契诃夫出生的房屋；有他念书时候的那个学监（学监鬼鬼祟祟地站在门外监视学生）；还有普里希别也夫中士和教员别里科夫……他们是小说中的人物，还是按照大家熟悉的库克雷尼克赛的插图做的，看起来，跟有血有肉的人差不多。

这个纪念室里还有一部分珍贵的陈列品，就是从这个学校出去的英雄和烈士的照片或遗物，他们在革命中、在卫国战争中，有了贡献或者牺牲了生命。他们跟契诃夫一样都是学校引以为骄傲的学生，学校还用他们的事迹来教育后代。

八

最后我们到了契诃夫在那里诞生的小屋。街名已经改作契诃夫大街了。在从前它是称为警察大街的。契诃夫小的时候，大街上常常是一片泥泞，猪群自由自在地散步。现在我们的汽车顺利地驶过清洁、平坦、宽广的林荫路，到了那所藏在树荫深处的白色小屋的外门。我们走进木栅门，一直往里走。左面有一个小花圃，有花有树，还有一座契诃夫的胸像，立在一个不很高的石座上。像座前还放着颜色鲜艳的花圈。这里原先是一片作市场用的空地，现在成了美丽的小花园了。路旁还有让游人休息的靠背长椅。

白色小屋隐在樱桃树中间。屋前左面樱桃树下有一张小圆桌和两根长凳，据说少年契诃夫喜欢坐在这里。他很喜欢樱桃树，他常常怀念这个樱桃园，终于把樱桃园写进戏里去了。

一群小学生正在参观这个契诃夫的故居。我们跟在他们后面进去，却比他们先出来。一共只有三间小屋子和一间小小的厨房。一间“厅子”同时兼有饭厅、会客室和书房的三种用处，屋角有一幅神像，神像前面点着长明灯。屋子里还有祷告书和别的这一类的书本。屋子里还有一张桌面活动的餐桌，一张书桌，和几把椅子。饭厅隔壁是大人的睡房，有一张双人木床，从睡房出去便是儿童室，儿童室里有一张木头的摇床。三间屋子的墙上都挂得有家里人的照片和一些并不高明的图画，图画上表现的是《圣经》上的故事。这就是当时一个笃信宗教的古板的小商人的家庭了。

饭厅里还有一个玻璃的陈列柜。不用说这是后来添上的。我在柜子里一张纸上看到一段话："契诃夫的祖父叶哥尔·米海洛维奇原是地主契尔特科夫的农奴。在农奴解放以前他在一八四一年赎回了自由。他付出三千五百卢布赎回自己夫妇和三个儿子的自由……"契诃夫的祖父当时找不到钱来为女儿赎身，他要求地主不要把她卖出去，等到他存了七百卢布来赎她。后来契尔特科夫免费给了她自由。所以契诃夫有一次讲到他自己的时候说："我是一个农奴的儿子。"

我们走出这所白色小屋，我又把那块写着"安·巴·契诃夫一八六〇年一月十七日[①]生在这里的小屋"的牌子望了一会儿。契诃夫出世的时候，他的父母搬到这里来还不到

---

① 指旧俄历。一月十七日即公历一月二十九日。

两年。他的童年就是在这所小屋里度过的。虽然他母亲很喜欢他，他一生爱着她，可是他父亲的专制和严厉，给他童年的生活罩上了一层极浓的暗影。他后来写信给他的哥哥亚历山大说："专制和谎话把我们的童年毁坏到这样的程度，叫我想起来就不舒服，极害怕。你该记得每回父亲在饭桌上因为汤里盐太多发脾气或者骂母亲做笨蛋时我们感到的厌恶和恐怖吧。"所以他讲到他的过去时还愤慨地说过："我小时候就不曾有过童年，"从这句话就可以想到他在这里过的是什么样的日子。"挨打、挨骂，守铺子、送货物，晚上给吵得睡不好觉……就是这个小杂货店老板的儿子的生活了。"

一个星期以后，我回国的前一天，在莫斯科银行里遇见费定。他过来跟我和沙夏谈话。他问我："到大冈罗格去过了？"我答道：“去过了。”“看到契诃夫诞生的地点，那所小屋了？”我又答道：“看到了。”他笑笑说：“伟大人物常常是生在小屋里面的。”我请沙夏翻译给他：“穷苦的生活更容易培养人的同情心，也更容易增加人对不公平的愤恨。”他点点头。“不过拿纪念馆来说，大一点倒可以多容纳一些人啊！”他愉快地笑了。他告诉我他在写《不寻常的夏天》的续篇《篝火》，又说：明天要到捷克去休养。要不是看到他手里捏的那根手杖，我无论如何不相信他是一个六十二岁的老人。

九

飞机动得厉害，我的心好像也在往下沉。我觉得不舒服，就闭上了眼睛。……飞机忽然不动了。我睁开眼。服务员告诉我们：气候不好，不能再朝前飞，请大家下去休息。我看表，才飞了两个多钟点。这么短的时间！我想了那么多的事情！事情是想不完的：我带了那么多的东西回国。可是我的思绪给打断了。我忽然想起三个星期来一直跟我在一起的沙夏，我还以为他坐在我的旁边……

我站起来，抬起眼睛，契诃夫还在那里对我微笑。这个伟大的作家并没有离开我，他要陪着我回到北京。不，他的光辉的形象永远现在我的眼前。

1954年11月在上海。

向安东·契诃夫学习

——在莫斯科契诃夫逝世五十周年纪念会上的讲话

今天，全世界爱好和平的人民愈加紧密地团结起来反对一小撮战争挑拨者的阴谋、保卫人类的文明和幸福、并且努力促进各国人民间的相互了解和文化交流的时候，我在这里看到一个多么令人欢欣鼓舞的景象：苏联人民的代表欢聚一堂向他们敬爱的俄罗斯现实主义的大作家安东·巴甫罗维奇·契诃夫致敬，为了他对于祖国和人民的深厚的爱，为了他对于俄罗斯文化和人类文化的贡献，为了他对于人类美好前途的坚定不移的信心。

这个庄严隆重的纪念会上有各国的来宾。他们来自世界各地，他们都怀着同样的尊敬与感激的心情来向伟大的先辈致敬。他们带来全世界爱好和平的人民的心，因为契诃夫不单是苏联人民的光荣和骄傲，他的著作已经成了优秀的人类文化的一部分。他的影响广布于全世界，他的名字是与但丁、莎士比亚、歌德、普希金、果戈理、雨果、托尔斯泰、高尔基等文化巨人的名字并列的。

我能够坐在这些来宾中间，能够把新中国人民对俄罗斯伟大作家的敬爱的心带到这个盛大的纪念会上，我感到无限的幸福和光荣。今天在新中国的首都北京和各大城市也在举行纪念契诃夫的盛大集会。中国人民熟悉契诃夫的名字就像熟悉自己的先生和朋友。

近四十几年来他的作品不断地译成中文。他的小说的译文经常在北京和上海两处的报刊上发表。他的剧作也有几种中文译本。小说选集先后出版过三套，最后的一套在一九五〇年刊行，现在已经出到第二十一册，选载小说一百五十七篇。在十九世纪俄罗斯现实主义作家中间，契诃夫是作品译成中文最多的一个。他的《万尼亚舅舅》早在一九三〇年就在上海演出，但上演次数最多的是他的独幕剧。

中国伟大的作家鲁迅也是契诃夫的爱好者，他在一九三五年翻译过契诃夫的几个短篇，他的译文是公认为最能传达契诃夫的精神的。

中国的读者热爱契诃夫，因为他们曾经感觉到契诃夫的作品好像就是为他们写的，而且描写他们中间发生的事情。契诃夫通过他的人物和人物的日常生活，写出了他那个时代和当时社会的病症，也写出当时一般人的思想感情。那个时代是十九世纪俄国历史上最黑暗、阴郁的时期，也就是暴风雨前的阴暗、沉郁的时期，正和过去中国的社会相似。所以中国的读者曾经在契诃夫的作品中看到了他们自己，看到了他们的病症。中国的读者也听到了契诃夫的责斥的声音："不能够再这样生活下去。"中国的读者也懂得了契诃夫的预言："人类是朝着最高的真理前进的，是朝着人间还没有达到的一个最大的幸福前进的。"中国人民的确踏着苏联人民的脚迹朝"最高的真理"、朝"最大的幸福"前进了。

契诃夫热爱生活，热爱人类，相信进步，相信未来。他是医生，所以他擅长诊断。他在反动势力发展到近于顶点、庸俗和虚伪在社会中占了上风、一般知识分子对进步和改革感到幻灭、他们中间充满着绝望的时候，契诃夫不倦地用他的笔写出当时社会的病史，他用诗人的崇高的语言，医生的精细、周到的诊查和幽默家的讽刺的微笑描写了那些丑恶的生活。他不停地责斥，不断地嘲讽，他不留情地让人们看见自己的真实生活情形，只为了使他们生出奋发向上的心，只为了使他们变好。契诃夫一生最恨庸俗。庸俗是他的仇敌，他一直到死都没有停止过对这个仇敌的斗争，而且他还在斗争中得到了更多的勇气和信心。在他的最后一个短篇《未婚妻》里面，契诃夫不再说："不能够再这样生活下去"了，他借沙夏的嘴说："主要的是改变生活，其余的一切都不重要。"这句话对全世界反抗压迫、追求美好生活的人是多么大的鼓舞。

今天在这个盛会上我听到了用各种语言表示的对契诃夫的尊敬与感激。在这一刻全世界善良人民的心由于这个伟大人物的纪念而更贴近地连在一起了。因此我更想到契诃夫在五十一年前的伟大的预言："一切都要彻底改变……那时候这儿会有富丽堂皇的大楼，美好的花园……还有优秀出色的人……"

契诃夫的伟大的预言已经实现了。不仅在契诃夫诞生的伟大的国土上出现了无数优秀出色的人，遍地开满了美丽的鲜花，人们正在用忘我的劳动创造更美好的未来，而且在别的许多国家中，庸俗也在逐渐消灭，美好的生活也已开始实现。不管战争挑拨者在绝望的挣扎中进行怎样恶毒的阴谋，但是在我们这个日趋光明的世界里，美的、善的、进步的东西一天一天地在生长，而丑的、坏的、腐朽的东西则逐渐在消灭。

今天在这里纪念安东·巴甫罗维奇·契诃夫，我仿佛还看见他的谦虚的、好心的微笑。想到他，我们对我们的工作增加了勇气，对我们的前途增加了信心。作为作家，我们比契诃夫有更好的环境，也有更大的责任。因此我们必须更勤快地使用我们的笔，为人们工作。是的，为人们工作。我们的伟大的前辈，现实主义的大师契诃夫已经谈过作家的责任了：

> 我爱祖国，我爱人民，我觉得，我要是一个作家，我就有责任谈人民，谈他们的苦难，谈他们的前途……

今天我们应该谈人民的欢乐，谈他们的力量，谈他们的无限美好的前途。因此我们更应该向安东·巴甫罗维奇·契诃夫学习，用他那支深刻而尖锐的讽刺的笔把一切阻碍人类前进的落后的、腐朽的东西摧毁干净。

1954年7月。

我们还需要契诃夫*

——纪念契诃夫逝世五十周年

听见人提起安东·契诃夫的纪念，我就想到五十年前停在莫斯科火车站的绿色货车，车厢里放着契诃夫的灵柩。车皮上用大字写着“蠔”。丹青柯说：这是契诃夫的最后的一次幽默。高尔基说：这一次“庸俗”对我

* 本篇最初发表于一九五四年七月七日《人民文学》七月号。发表时题为《纪念契诃夫的话》。

们的诗人报了仇，把他的遗体用运蠔的货车运到莫斯科。

据说契诃夫生前给一个医生朋友写过一封诙谐的信："我惋惜的是没有可以……把我吞掉的蠔。"他的仇敌"庸俗"真想把他吞掉，可是它没有那种力量。契诃夫的名字今天还放射着万丈光芒，而那种肮脏的绿色货车早已在他的国内绝迹了。

在这个时候我很想谈谈契诃夫。可是拿起笔，想了半天，我又觉得我知道他太少。契诃夫写了那么多篇短篇小说（还不提他的中篇、独幕剧和多幕剧），他的作品接触到的面又非常广，早在一九〇四年就有人称他为"近二十年史的最有权威的历史家"。据说："社会学者单单根据契诃夫一个人的著作，也可以绘出（十九世纪）八十年代和九十年代的生活与其背景的一幅大画面。"因为契诃夫不仅写得多，而且他写得深，而且他写得真实。他留下来的是：十九世纪最后二十年的俄国社会的缩图（他描写得尤其出色的是当时的知识分子、中产阶级、没落的外省地主、小职员等等）。因此，在三十年前，我还不到二十岁的时候，我第一次接触到契诃夫的作品，我读过的不只一篇（那个时候他的短篇译成中文的为数也不少），我读来读去，始终弄不清楚作者讲些什么。我不能怪译者，本来要从译本了解契诃夫就不是一件容易的事，转述他的故事并不困难，难的是把作者那颗真正仁爱的心（高尔基称契诃夫的心为“真正仁爱的心”）适度地传达出来。要是译者没有那样的心，要是读者不能体会到那样的心，我们从译文里能得到什么呢？我在那个时候不能接受契诃夫的作品，唯一的原因是我不了解它们。这不是奇怪的事：一个年轻人第一次面对着茫茫大海，他什么也不会了解的。

以后我仍然常有机会接触到契诃夫的作品。于是又来了一个时期：我自以为我有点了解契诃夫了。可是读着他的小说，我感到非常难过。我读得越多，我越害怕读下去。我常常想：为什么那些人就顺从地听凭命运摆布，至多也不过唉声叹气，连一点反抗的举动也没有？我好像看见一些害小病的人整天躺在床上、闲谈诉苦、一事不做、等待死亡，我恨不得一下子把他们全拉起来。尽是些那样的人！尽是些那样的事！有时候我读得厌烦起来，害怕起来，我觉得一口气憋在肚子里头快要憋死我了，忍不住丢开书大叫一声。那个时候我已经开始写小说了，我也选择了这个职业。我的主人公常常是一些在学校内外的青年，他们明知道反抗会给自己带来更大的不幸，他们也要斗争到底。我的年轻主人公需要的是热情和行动。而这些东西我以为和契诃夫小说里的那种调子是不一样的。

从这里可以看出来当时我并没有了解契诃夫。有人把契诃夫看做一个厌世主义者，我当时或多或少也有这样的看法。我从C. 嘉纳特的英译本读了契诃夫的大部分的作品，英译者并没有帮助我了解它们，更不用提热爱了。使我逐渐喜欢契诃夫作品的是我的长时期的生活。

现在我是一个契诃夫的热爱者。这是我读契诃夫作品的第三个时期了。我走过了长远的路才来到这里。我穿过了旧社会的“庸俗”、“虚伪”和“卑鄙”的层层包围才来到这里。我也曾跟那一切“庸俗”的势力斗争过，在斗争中我更痛切地感觉到它们那种腐蚀人灵魂的力量，同时跟庸俗斗争了一生的作家契诃夫的面貌也更鲜明地在我眼前现出来，我也就更了解高尔基那几句话的意义：“他嘲笑了它（庸俗），他用了一支锋利而冷静的笔描写了它，他能够随处发见庸俗的霉臭。”固然契诃夫写的是当时俄国社会的面目，可是在他笔下出现的人物也常常在我们中国社会出现。像姚尼奇、阿伦加、阿希尼叶夫、别里科夫、库希金、宁娜（名字太多了，我只能随便举几个），过去我们在哪一个地方没有碰到过？契诃夫开始写作的时候，俄国反动势力的凶恶、残暴正达到高峰，据说亚历山大二世统治的末期和亚历山大三世在位的十三年是十九世纪俄国史上最黑暗、阴惨的时期。因此在我们这里特别是旧社会开始崩溃、反动统治把人压得透不过气来的时候，我到处都发见契诃夫所谓的“霉臭”，到处都看见契诃夫笔下的人物，他们哭着，叹息着，苦笑着，奴隶似地向人乞怜，侥幸地过着苟安的日子，慢慢地跟着他们四周的一切崩溃下去，不想救出自己，更不想救别人。他们只是闲聊过去的美好的日子，或者畅谈将来的美满的生活。我跟这样的人在同一张饭桌上吃过饭，在同一个戏园里看过戏，在同一家商店里买过东西，在同一个客厅里谈过天。我们的那些资产阶级，那些知识分子，那些小市民……我跟他们接触越多，我研究他们越深，我越无法制止我的厌恶，我好多次带着责备的调子警告他们："你们不能够再像这样地生活下去。"在这些时候我不能不想到契诃夫，不能不爱契诃夫。我翻开他的著作，就好像看见他带着忧虑的微笑在对一些人讲话，我仿佛听到他那温和而诚恳的声音："太太、先生们，你们的生活是丑恶的！”贯串契诃夫全部著作的就是这种忧虑，这种关心，这种警告，这都是从他那颗仁爱的心出来的。

契诃夫写那种人物，写那种生活，写那种心情，写那种气氛，不是出于爱好，而是出于憎厌；不是为了欣赏，而是为了揭露；不是在原谅，而且在鞭挞。他写出丑恶的生活只是为了要人知道必须改变生活方式。他本来是医生，医生的职责是跟疾病作斗争，医生的职责是治好病人。作为作家，他的武器就是他的笔，他的药方就是他的作品。一个人倘使相信疾病是不可战胜的，他就不会去念医学。契诃夫的主人公常常是厌世主义者，可是他本人绝不是，而且恰恰相反，他相信进步，他相信美好的生活是可能的，而且一定会实现的。有一次他给一个熟朋友写信，就明白地说：“从做孩子的时候起我就相信进步，因为拿他们常常打我的时候跟他们不再打我的时候比起来，这中间的区别实在太大了。”

因此他不断地跟社会的一切疾病作斗争。对于庸俗的势力，对于不合理的制度和生活，对于一切丑恶、卑劣的东西，他不断地揭露，不断地嘲笑。他怜悯地然而严肃地警告人们：你们要不改变生活方式，就得灭亡。

时间证实了他的信仰。他战胜了他的仇敌。在他诞生的土地上应该灭亡的已经灭亡了，美好的新的生活也已经出现了。今天重读契诃夫留给我们的东西，我还感觉到他那颗仁爱的心在纸上跳动，我感觉到他的爱与憎。他的爱与憎引起了我的共鸣。这个伟大的小说家并没有死，好像他就坐在我面前，用他那温和的眼光望着我，带着忧郁的微笑说：“告诉他们，这样不行啊！”

我们不会忘记他的警告。我们今天还需要他那支笔，因为在我们这里今天还不能说已经完全看不到在他笔下出现过的人物。但是这些人物也终于会像肮脏的绿色货车那样地绝迹的：他们不得不把地位完全让给新的一代人！

1954年6月。

谈契诃夫*

——纪念契诃夫诞生九十五周年

关于契诃夫，一年来我们已经说了不少的话，可是我觉得要了解契诃夫，最好多读他的作品。他的朋友丹青柯说得很对："只要读者专心读他的作品，就会爱上他的。"

有人说契诃夫的著作难懂，美国的戏院

* 本篇最初发表于一九五五年一月二十九日《解放日报》。

老板说契诃夫的戏没有“票房价值”，资产阶级的批评家诬蔑他为“阴郁的诗人”。事实并不是这样。凡是了解生活、忠实于生活的人就会了解契诃夫，爱契诃夫。他的作品不但不难懂，而且写得入情入理、明明白白；他的作品不论是小说或剧本，里面都充满着爱和恨。在他的每一篇作品中我们都可以接触到作者的仁爱的心。

在生活中和在作品中一样，契诃夫一直是一个爱憎分明的人。他恨丑恶的、庸俗的、腐朽的东西，他不断地抨击和无情地鞭挞它们。他爱美好的、新生的东西，他同情、鼓励、援助它们。他待人亲切、谦虚，但是他严正、不妥协。左拉维护正义替犹太军官德列非斯辩护的行动得到他的支持（一八九八年）。他和柯洛连科联名声明放弃科学院荣誉院士的称号，来抗议科学院因沙皇干涉撤销高尔基当选荣誉院士的决定（一九〇二年）。在作品中，随便举几个例：他鞭挞骗人的偶像谢列勃里雅可夫教授，鞭挞蛮横骄傲、欺压人民的普里希别叶夫中士，他鞭挞“装在套子里的人”、保守的教员别里科夫。靠剥削人生活的教授卖房子的计划没有能实现；喜欢干涉别人生活的中士“明白这个世界已经变了”；“把学校控制了十五年”的教员终于让人推下楼梯，生了病死了。这些人我们过去在中国社会里也常常见到，因此我们更容易了解契诃夫的憎恶。读了描写疯人院生活的小说《六号病房》，我没法制止我的颤栗。青年时代的列宁在一封信里说出他的读后感：“可怕极了。……我觉得好像自己也关在‘六号病房’里面了。”主持疯人院二十年的医生拉庚关着门看书喝酒的时候，别人并不惊扰他，可是等到他认识了真理，看清楚他四周的真实情形以后，别人却把他当成疯人，关进了“六号病房”。后来他和一个病房同伴起来反抗不合理的待遇，挨了痛打，中风死了。这篇小说是契诃夫从库页岛旅行回来以后写成的。它不仅写出契诃夫对流刑犯和苦役犯生活的体验，它主要地暴露了十九世纪末期帝俄专制的“警察国家”的黑暗。它告诉读者：沙皇统治的俄罗斯是一个大监狱，他借一个人物的嘴说：“我们给关在铁窗里，受折磨，被虐待，”这样来激发人们的斗争心。

资产阶级的批评家常常强调契诃夫的“不问政治”的倾向，这是不对的。他的作品中没有一篇不跟政治有关，没有一篇跟当时的社会生活脱节。契诃夫只活了四十四岁，在他的二十五年的写作生活中他一共留下了五个多幕剧、几个独幕剧和两百多篇中、短篇小说。有一个社会学研究者曾经写过一本叫做《契诃夫和他的俄国》的书，因为契诃夫在他的作品中忠实地反映了二十多年中间俄国社会的生活。他通过他那些“小人物”写出了他那个时代和当时社会的病史。在他的作品中，他无情地鞭挞，无情地嘲讽。他从不间断地进行着对不合理制度的斗争。高尔基说过：“庸俗是他的仇敌，他一生都在跟它斗争。”契诃夫攻击庸俗，就是攻击当时的社会制度，也就是攻击整个沙皇的统治：它产生了那一切的病症，使得俄国人民全过着悲惨痛苦的生活，使得那么多的俄国人都害了病。契诃夫本来是一位医生，也曾挂牌行医，在雅尔达他还为找上门来的穷人看病。医生的职责是治病救人。他说出病情，写下病史，就是为了来治疗的。他在每一篇小说中都用斥责和警告的口吻告诉人：“你们不能够再这样活下去。”甚至在最阴暗的篇页中我们也没有看到“绝望”，我们却更强烈地感染到作者的爱与憎。作者把那些软弱无能、自私自利、欺世害人、忍辱苟安的人物鞭挞得最厉害的时候，他自己也激动得最厉害，他在大声疾呼警告人们：不要走这样的路！必须趁早治病。我们用不着在那些篇幅很少的短篇中去找寻正面人物，也可以了解高尔基在五十五年前的意见：“契诃夫的每一个新的短篇都越发加强了那种勇敢的和热爱生命的调子。”更可以同意别尔德尼柯夫的说法：“契诃夫是向前看的，他号召读者跟着自己走。”

契诃夫的创作道路跟所有伟大的作家的创作道路一样，是不断地追求真理的道路。他越来越接近他所追求的东西，他越来越深刻地感觉到全部生活彻底改变的时代逼近了。在他去世前一年（一九〇三年），他对一个朋友（叶耳巴季也夫斯基）说："难道您没看见从上到下都动了吗？社会和工人都动了！……"那个朋友后来回忆道："他当时完全钻到政治里面去了。"就在这时候他写了他最后一个短篇《未婚妻》。在这篇小说里女主人公娜嘉终于摆脱了婚约的束缚，脱离了寄生和剥削的生活，勇敢地向着"宽广辽阔的新生活"走去。这篇小说开始了他的创作生活的一个新的时期。可惜这只是一个开端，正如他那个朋友所说："这个时期还没有来得及展开，契诃夫不久就逝世了。"

契诃夫喜欢借他的主人公的嘴讲他自己的话。这些话里充满着对祖国和人民的深切的爱，对未来的向往，对人类美好前途的坚强的信心，例如《三姊妹》中的威尔什宁说："我们应当认识，天边已经在发亮了，整个光明的日子绝不会远了。”奥尔加说：“幸福与和平会在大地上普遍建立起来的。”《万尼亚舅舅》中的索尼雅说：“到了那个时候，我们就会看见光辉灿烂的、满是愉快和美丽的生活了。”《樱桃园》中的大学生说：“整个俄罗斯是我们的一座花园。全世界都是伟大而美丽的。”安尼雅说：“我们另外再去种起一座新的花园来，种得要比现在这一座还美丽。你会看得见它的。”像这样的话在契诃夫的小说和剧本中不知道有多少。现在读到这些句子，我们还感觉到这个伟大作家的深厚的爱。

今天他的愿望已经开始实现了。他所预言的光辉美丽的生活已经成了事实。他生前最亲近的人——他的妹妹和他的妻子也已经见到了他所梦想的“美好的花园和优秀出色的人”。在他所热爱的祖国，人们的确把生活完全改变了。

去年七月的一个上午，我参观大冈罗格契诃夫的故居。我站在白色小平房的窗外，望着钉在墙上的牌子：“安·巴·契诃夫一八六〇年一月十七日生在这里的小屋。”一群小学生鱼贯地走近小门去。我跟在他们后面。孩子们的脸上带着幸福的笑容，他们用快乐的声音在讲话。在契诃夫诞生的时候，在契诃夫做孩子的时候，这所小屋里绝不会有这么多的孩子的快乐的声音。契诃夫自己愤慨地说过：“我小时候就没有过童年。”小学生们好奇地睁大眼睛在听讲解员的这样的解释。在一些孩子的眼光里，我看到多么深的同情和多么深的爱。这不是对契诃夫仁爱的心的最好的报酬么？

今天，契诃夫的故居小平房上一定已经压着雪，他所喜欢的屋前樱桃树，它们的枯枝上一定挂满了雪，那条林荫路也会被雪封住了。可是一定有不少的人踏着雪走来。他们，男男女女，老老少少，会把鲜花放在契诃夫的胸像座前，会把温暖和热爱带进契诃夫九十五年前在这里诞生的小屋。苏联人民不仅把契诃夫当作他们的光荣和骄傲，他们还像爱自己最亲近、最忠实的朋友那样地爱他。

1955年1月。

安东·契诃夫的生平[*]

——读书笔记

一八六〇年　一月二十九日（旧历十七日）安东·巴甫罗维奇·契诃夫生于罗士托夫省的大冈罗格。祖父叶哥尔·米海罗维奇是一个很有钱的地主（契尔特科夫将军）的农奴。叶哥尔早在农奴解放以前在一八四一年用每人七百卢布的代价向地主赎回了一家

* 本篇于收入《谈契诃夫》前未在报刊发表过。

五口人的自由，可是还差七百卢布，不能把女儿亚历山德拉一起带走，后来还是地主免费放走了她。这一家人从伏若涅次省搬到南方。叶哥尔在普拉托夫伯爵的领地上当一名总管，这领地离大冈罗格不远。安东·契诃夫的父亲巴威尔是叶哥尔的第二个儿子，由父亲送到大冈罗格一家大商店学生意，后来在一八五七年自己开了一家小杂货店。巴威尔在一八五四年十一月（旧历十月）跟叶夫格尼亚·雅科夫列夫娜·摩洛左娃结婚。叶夫格尼亚当时只有十九岁，是一个布商的女儿。她一共生了五个儿子和一个女儿，安东是第三个儿子。她是一个非常温和的女人。她的儿女都爱她。

一八六八年（八岁） 安东进大冈罗格古典中学读书，念预备班，第二年一八六九年升入第一班（即一年级）。当时公立中学的修学期一共是八年，可是安东在学校里念了十年，因为他在第三和第五学年年终考试不及格，共留级两年。安东在家少有温习功课的机会。他的父亲常常对他说：“你还不如到店里去，守着那儿的事情。学学生意！”他只得含着眼泪，丢下功课，到他所讨厌的店里去了。常常在冬天的夜晚安东挨着冻看守铺子，偷暇做点功课，把手都冻僵了。

一八七六年（十六岁） 父亲巴威尔的商店倒闭了，他害怕坐牢，便带着全家人搬到莫斯科去（安东的大哥亚历山大和二哥尼可拉已经在莫斯科念书了：亚历山大念大学，尼可拉念绘画学校），留下安东一个人在大冈罗格修完古典中学的课程。

父亲在莫斯科找到了一个差使，可是他没法接济安东。从这一年起安东得自寻生路，靠教家馆来维持自己的求学生活。

一八七九年（十九岁） 安东·契诃夫在古典中学毕业后，八月到莫斯科和家人团聚，考进了莫斯科大学医科。

一八八〇年（二十岁） 三月出版的《蜻蜓》上发表了安东·契诃夫的第一篇文章：《顿河地主司节潘·弗拉及米洛维奇·伊给有学问的友邻弗利特里黑的信》（后来改称《给有学问的邻人的信》）。

父亲的收入不能够养活全家，安东不得不设法替父亲分担一部分的责任。他开始写起文章来。从这一年一直到一八八四年他经常用各种不同的笔名如安·契一节，安契，安特·契洪节，安多夏·契洪节，我哥哥的哥哥，没有脾脏的人等给《蜻蜓》、《闹钟》、《断片》、《观众》、《蟋蟀》等幽默刊物投稿。在这些刊物上发表的作品有《小公务员的死》、《胖子和瘦子》、《勋章》、《外科医术》、《变色龙》、《假面具》等等。

一八八四年（二十四岁） 大学毕业考试五月考完。六月署名阿·契洪节的短篇故事集《梅尔帕米纳[1]的故事》出版，这是安东·契诃夫的第一本小说集。大学毕业后契诃夫就到莫斯科附近一个小镇渥斯克列辛斯克（即现在的伊斯特拉）去过夏天，他的弟弟伊凡正在那个地方当教员。同时他开始担任了医生的工作。他在这里的地方医院和离渥斯克列辛斯克十五里光景的兹威尼哥洛德医院里服务了一个时期。他得在医院里照料病人，到外面去验尸，出席法庭当医务鉴定人。这些职务帮助他直接接触到小乡镇的生活，使他得到一大堆短篇小说的丰富材料。

就在这一年他身上现出了显著的肺病的

① 梅尔帕米纳：悲剧女神。

症象。十二月二十二日他写信给《断片》的主编勒伊金说："这三天里面血不断地从我的喉咙流出来。吐血妨碍我写作。"

一八八五年（二十五岁） 契诃夫一直想逃出那个埋没他的才能的幽默刊物的圈子，可是勒伊金始终把他抓得紧紧的。然而到这一年勒伊金终于不得不让步，把他介绍给《彼得堡日报》的老板和主笔苦德科夫，要他每星期一在《彼得堡日报》上发表一篇小说。"稿酬每行七个戈贝克。"

从这一年到一八八七年，每年夏天契诃夫都同着家人到渥斯克列辛斯克附近的巴勃金诺去避暑。这两个地方对契诃夫有很大的影响：作家在文学方面和社会方面的成长的重要阶段就是在这个时期开始的。在这里培养了契诃夫对俄罗斯中部大自然的热爱，在这里各个社会阶层的生活都在作家的眼前展开了：农民、地主、军官、乡村教师、医生和小公务员等等。契诃夫认识了当时住在这里的画家伊·伊·列维坦。他们的友谊继续了十几年，一直到列维坦去世。这一年年底契诃夫到当时的首都彼得堡去了一趟，在那里住了两个星期。

一八八六年（二十六岁） 契诃夫的小说引起了著名小说家狄米特里·格里戈洛维奇的注意。三月格里戈洛维奇写了一封二十页的长信给这位二十六岁的小说家，说："您有真正的才能，那种为这一代的作家所望尘莫及的才能。我已经是六十五岁的人了，可是我对文学的爱好还是十分热烈，我还是非常热心地注意文学方面的成就，我发见一点有生气的、有才能的东西就高兴得不得了，因此我忍不住要给您写这封信，伸出两只胳膊来拥抱您……"契诃夫谦虚地写信告诉朋友说："不用说，我很高兴，不过我总觉得他做得有点过份。"格里戈洛维奇还亲自去见当时彼得堡一家大报《新时代》的主笔和发行人A. C. 苏瓦林，要苏瓦林邀请契诃夫经常为《新时代》写稿。从这时候起年纪比契诃夫大二十六岁的苏瓦林就成了小说家的朋友。苏瓦林尊敬契诃夫为一个天才的作家，他又是契诃夫的祖父和父亲的同乡，契诃夫的许多重要作品都发表在他的刊物上。可是由于苏瓦林的反动的政治观点，契诃夫后来终于跟苏瓦林断绝了关系。

五月契诃夫的第二本短篇集：《五颜六色的故事》出版。

一八八五年到一八八七年三年中间契诃夫在《彼得堡日报》和《新时代》上面发表了《马姓》、《普里希别叶夫中士》、《痛苦》、《苦恼》、《万加》、《弗罗嘉》、《幸福》、《卡希旦卡》等等小说。

一八八七年（二十七岁）　四月中旬契诃夫到故乡大冈罗格住了两个星期，继续到附近城市旅行，五月下旬回莫斯科。顿河草原上的旅行产生了他的杰作《草原》，这篇高尔基称为“发香的”小说是在第二年一月才动笔的。

第三本小说集《在黄昏》和第四本小说集《天真的话》在这一年里面先后出版。

契诃夫会见了小说家弗拉及米尔·柯洛连科。他写信给柯洛连科说：“我很高兴跟您认识了。第一，我非常钦佩而且喜爱您的才能……”

秋天契诃夫写完了“四幕正剧”《伊凡诺夫》，十二月一日由莫斯科科尔席剧院作第一次演出。

一八八八年（二十八岁）　契诃夫第一

次在“大型”刊物《北方导报》上发表作品，就是那篇著名的《草原》(副标题是《旅行的故事》)。前辈小说家谢德林和三十三岁的小说家迦尔洵都很推崇它。现代批评家甚至赞美它为“描写祖国及其命运的壮丽的诗篇”(叶尔米洛夫)。迦尔洵在前一年发狂跳楼自杀，本年四月死在医院里面。契诃夫在《迦尔洵纪念文集》上发表了小说《发病》。他写信给朋友说“像故迦尔洵那样的人我是全心爱着的”。

十月他因《在黄昏》获得科学院颁发的“普希金奖金”。

第五本短篇集《短篇小说集》由苏瓦林在彼得堡刊行。

十二月契诃夫认识了伟大的作曲家彼得·柴科夫斯基。他在一封信里说：“我真愿意整天整夜站在彼得·伊里奇住的房屋的大门口当仪仗队——我尊敬他到了这个地步。要是谈到等级，那么在俄罗斯艺术界中他占的位置是第二，第一位是列夫·托尔斯泰，托尔斯泰很早就占着第一个位置了。”

这年夏天契诃夫同他的全家到乌克兰去住了一个时期，他们住在哈尔科夫省苏米附近，就在风景如画的普宿尔河畔的鲁加。南俄美丽的大自然使他沉醉。他在这年五月写信给柯洛连科，邀请柯洛连科到乌克兰去，跟他一块儿过夏天，他说：“大自然好极了，到处都很美……人也很好。”他写信给苏瓦林说：“天气美极了。样样东西都在唱歌，都在开花，都露出美来。”

一八八九年（二十九岁） 二月十二日（旧历一月三十一日）《伊凡诺夫》在彼得堡亚历山大剧院公演，得到成功。夏天契诃夫仍同家人去乌克兰，在友人林达里约夫一家的鲁加田庄上避暑。

六月底(旧历六月十七日)哥哥尼可拉在鲁加病故。契诃夫写信给友人说:“可怜的艺术家死了。在鲁加他像蜡一样地溶掉了……我趁着大哥到来可以代替我的机会,想休息几天换一换空气;我约司瓦波金和林达里约夫一家人跟我一块儿到波尔塔瓦去访问西玛金家。……半路上下起大雨来了,我们在夜里赶到,又湿又冷……第二天早晨天气还是很坏。我一生都不会忘记那泥泞的路,灰暗的天,树上的泪珠;我说我不会忘记,因为早晨从城里来了一个农人,他拿着一封打湿了的电报:尼可拉死了。你可以想到我的心情。”

十一月他的短篇《乏味的故事》在《北方导报》上发表。这篇关于老教授和少女卡嘉的故事后来被认为“俄罗斯文学的一篇优秀作品”。

“四幕喜剧”《木精》在匆忙中写成，交给前科尔席剧院演员沙罗夫左夫在莫斯科演出大失败。契诃夫把原稿锁在抽屉里，一八九八年才找出它来重写一遍，改名《万尼亚舅舅》。

一八九〇年（三十岁） 一月到三月契诃夫在莫斯科作旅行库页岛的准备。库页岛是一个“充满难忍受的苦难的地方”，沙皇时代的流刑地，契诃夫在动身之前阅读了各种关于库页岛的材料。他写信告诉人：“我整天坐着，读书，做笔记。脑子里和纸上就全是库页岛。”这次旅行非常艰苦。他的路线是这样的：从莫斯科坐火车到雅洛斯拉夫尔，从那里坐船到柏尔姆，然后坐火车到久敏；从久敏坐马车到贝加尔湖，坐船过了湖再坐马车到斯列井斯克，然后坐船沿黑龙江到尼古拉耶夫斯克，最后到库页岛。当时契诃夫的肺病并没有完全好，他在动身以前还吐过血，可是他还是毫不迟疑地认真完成了他的计划，因为他早在一八八八年一月就说过：“文学家不是糖果制造者，不是美容师，不是解闷人，而是被自己的责任感和良心所约束着的人。”

契诃夫四月底从莫斯科动身，在路上写了一篇《寄自西伯利亚》。他沿途看到祖国的雄伟壮美的风景，很兴奋地写信回家说：“我的上帝，俄罗斯好人真多啊！”他七月中旬到达库页岛，在那里住到十月中旬，然后坐船经香港、新加坡、锡兰等地回国。从香港到新加坡的途中船上病死了两个人，举行了海葬。他把海葬的场面写进了他的小说《古谢夫》，《古谢夫》是他回国以后脱稿、在《新时代》上面发表的。

十二月二十一日（旧历十二月九日）契诃夫回到了莫斯科，当天写信给苏瓦林说："我在库页岛住了……三个月零两天。"在那个期间他走遍了全岛，他在信上说："在库页岛找不到一个没有跟我谈过话的流刑犯或苦役犯。"

一八九一年（三十一岁） 契诃夫三月出国旅行，游历西欧，先后到过维也纳、威尼斯、佛罗棱斯、罗马、拿波里、尼斯、巴黎等地。他远离祖国，更加深切地感觉到他跟祖国和人民中间的联系。他在罗马写过这样的话："我们都是人民，所有我们做的最好的事全是人民的事业。"他虽然喜欢风景美丽的意大利，他虽然关心西欧的文化艺术上的成就，可是他也很厌恶西欧资产阶级的庸俗。他因此更想念祖国，他写信给妹妹说："我要回家了。我想写作。"

五月契诃夫回到俄国，开始写他那本关于流刑地的书《库页岛》（到一八九三年夏天写完），同时他还在写别的东西。他在一封信里说：“星期一、二、三我写库页岛的书，其余的日子（星期天除外）我写长篇小说，星期天我写小故事。”长篇没有写成，大概作者不久就放弃了这个计划。不过他写了中篇小说《决斗》。

一八九二年（三十二岁）　在上一年俄国许多省份发生了大饥荒。契诃夫很热心地参加救济的工作。本年初他到尼日尼一诺伏哥洛德和伏若涅次去帮助灾民，他还筹款为灾民解决牲畜的问题。

二月他在莫斯科省、谢尔布何夫县、梅里霍伏村买了一个小小的田庄，三月全家搬到那里去了。这次搬到梅里霍伏固然是为了契诃夫的健康。可是契诃夫自己一直想着参加社会活动和到人民中间去生活。在搬家以前他写信说："如果说我是医生，我就需要有病人和医院；如果说我是文学家，我就需要生活在人民中间，而不是生活在小德米特洛夫加[①]。我需要一点社会生活和政治生活，即使一点点也好。"

契诃夫到了梅里霍伏，马上就替乡下人治病。夏天他还接受邀请参加谢尔布何夫县的扑灭霍乱病的工作，他管二十五个村子、四个工厂和一个寺院。他说："我到所有那些村子去，而且发表了演说……"

契诃夫在梅里霍伏一直住到一八九九年。这中间他也曾到过莫斯科、彼得堡和雅尔达，还出国去休养过。梅里霍伏的时期（一共七

① 小德米特洛夫加：在莫斯科。契诃夫从库页岛回来以后就住在这里，现在改名契诃夫大街。

年零几个月）是契诃夫的精神力最旺盛的时期，也是他的创作力开花的时期。克妮碧尔后来说："作为作家，契诃夫在梅里霍伏找到了观察生活的巨大泉源。这泉源使他在创作上不断地得到营养。"

他的重要作品之一《六号病房》在这一年写成，在《俄罗斯思想》十一月号上发表。这篇被称为"惊心动魄的"小说是库页岛旅行的一个收获。这是对于专制、黑暗的沙皇统治的最露骨的抗议。从这时候起他跟一天一天趋向反动的《新时代》断绝关系了。

一八九三年（三十三岁） 在梅里霍伏，契诃夫除了参加医务工作外，还热心参加各种社会工作，并从事人民教育的工作。几年中间他在梅里霍伏、诺伏谢尔克、达列什等村子创办了几所学校：他亲自设计，亲自买材料，亲自监工。农民对他表示了真诚的谢意。

他在夏天完成了他的《库页岛》，在《俄罗斯思想》十月号上开始连载。这一年他还写了小说《无名氏的故事》和《大小弗罗嘉》。

一八九四年（三十四岁） 从去年冬天起他的健康又恶化了。他曾写信给苏瓦林说："我的咳嗽厉害起来了。"三月中旬他听从医生的劝告到克里米亚去休养。九月他出国休养，先后游历了维也纳、威尼斯、米兰、尼斯、巴黎等处，十月下旬回到莫斯科。

契诃夫在尼斯住了一个星期的光景，在那里他写了他的中篇小说《三年》的一部分。《三年》就在这一年里脱稿，发表在下一年一月号的《俄罗斯思想》上面。

一八九五年（三十五岁） 六月《库页岛》单行本出版。八月到亚斯那雅·波立阿那去拜访列夫·托尔斯泰，在那里住了一天半。这是两个大作家的第一次会见。契诃夫后来写信给友人谈这件事，他说："印象很好。我觉得很痛快，就好像在自己家里一样，我跟列·尼·[1]谈话也很痛快。"可是从亚斯那雅·波立阿那回来，他却开始写那篇反对托尔斯泰人生观的小说《有阁楼的房屋》。这是契诃夫的一篇"最精彩的作品"。小说里的主人公说："人给一盘大练子缠得紧紧的，你不去弄断练子，却只顾替它加上新的环去。"

契诃夫又从事剧本的创作，十二月初在梅里霍伏完成了"四幕喜剧"《海鸥》的初稿，带到莫斯科去读给朋友们听。

一八九六年（三十六岁） 一月中旬契

① 列·尼·：即L.托尔斯泰。

诃夫去彼得堡，交涉《海鸥》上演的事。从彼得堡回来，在二月下旬他又去拜访托尔斯泰。他写信告诉柯洛连科："我同他愉快地过了两个钟点。"这次拜访的结果产生了中篇小说《我的生活》。在这小说中契诃夫写出了想把托尔斯泰的学说拿来实行的人的悲剧。

秋天，契诃夫在剧本《海鸥》经检查官审查通过以后，便到高加索和克里米亚去作短期的休假旅行。

十月底（旧历十月十七日）《海鸥》在彼得堡亚历山大剧院演出，"第一场就遭遇了惨败"。戏刚演完，契诃夫便离开了剧院。他在日记里写着"我的确逃出了戏院，不过我是在戏演完了才逃走的"。他对朋友说："我在街上走来走去，我就不能把这次演出从心上丢开。"第二天上午他就一个人动身回梅里霍伏去了。在动身之前他留下一封信给他的妹妹说："我就动身回梅里霍伏；……昨天晚上那回事情并没有叫我吃惊，也没有使我十分难过，我在排演时候就料到了——我并不觉得过于狼狈……"

一八九七年（三十七岁） 契诃夫的肺病又转厉害了。一月俄国进行全国户口调查，契诃夫不顾他的病也参加了谢尔布何夫县的农民户口调查工作。在工作进行中他更看清楚了农民的痛苦。他写信给友人说："……在我们县里每一千个儿童中间只有四百个活到五岁，在乡村里，在工厂内，在我们城镇的背街小巷中，你就找不到一个健康的女人。"

二月中托尔斯泰的信从者契尔特科夫（契诃夫的祖父和父亲都是契尔特科夫的祖父的农奴）的住宅被警察搜查，他印发的同情杜诃波尔教徒[1]的小册子被没收，本人受到驱逐出国的处分。契诃夫写信给朋友说，他懊恼自己不能够到彼得堡送契尔特科夫坐船去伦敦。他还说："我对契尔特科夫没有感情，可是他们那样对待他，使我的血沸腾。"

小说《农民》发表在《俄罗斯思想》四月号上。这篇小说写出了当时农村生活的阴暗面。检查官坚持要删除一整页的文字，还恐吓说要逮捕作者。

四月初契诃夫的肺病加重，吐了不少的血。六日他住进阿斯特鲁莫夫教授的医院。九日托尔斯泰到医院去探病。四月十三日契诃夫写信给外面的朋友说："《六号病房》的作者已经从十六号病房移到十四号了。这是

---

① 杜诃波尔教徒：旧俄基督教派中信奉共产主义的一派，因拒服兵役，备受政府迫害，后得托尔斯泰的帮助，移往加拿大。

一间很宽敞的屋子，有两堵窗，有煤气灯，还有三张桌子。咯血很少。在托尔斯泰和我在一块儿（我们谈了很久）过的那个晚上以后，早晨四点钟又厉害地吐起血来了。”他的病还没有好，却在四月二十二日出院了。

九月契诃夫出国养病，到过比亚利斯、巴黎、尼斯等地。他常常在寄回国内的信函中诉苦，说他远离了祖国就不能够创作。他写信给他的妹妹：“许多主题在我的脑子里生锈了。我很想写，可是离开家写作，简直是罚苦工，就像用别人的缝纫机缝衣服一样。”

他发表了“四幕乡村生活即景剧”《万尼亚舅舅》。《海鸥》失败以后他说过几次：以后决不再写戏了，可是过了一年他又完成了这部辉煌的杰作。

一八九八年（三十八岁）　一月契诃夫在尼斯读到法国小说家左拉写给法国总统的那

封著名的公开信:《我控告》，很受感动。他说:“左拉是一个心灵崇高的人，他的战斗使我非常高兴。”他写信给另一个朋友说:“我们唯一的谈话题目是左拉和德列非斯。大多数的知识分子都站在左拉一边，相信德列非斯是无罪的。”苏瓦林和《新时代》对“德列非斯案”[①]的态度引起契诃夫的反感，甚至激怒了他。他一再地说:“《新时代》只叫人厌

---

① “德列非斯案”：此案的主角阿柏尔·德列非斯上尉是一个法国籍的犹太军官，在法国参谋部供职，被控告出卖军事秘密给德国人。军事法庭依据伪造的证件，在一八九四年十二月判决德列非斯终身监禁罪，流放在可怕的魔岛上。一八九七年十二月因比加上校的检举，伪造证件的艾司德拉齐少校出庭受审，结果判决无罪。左拉便发表公开信控告参谋部和陆军部渎职。可是公开信发表以后，左拉反倒因此受审判，一共审讯了十七天，终于在二月二十三日以诽谤罪被判处徒刑一年。左拉一度逃亡到伦敦，继续战斗。德列非斯案在一八九九年重审，一九〇六年平反冤狱，德列非斯被判无罪，恢复了军职。

恶。”“《新时代》在左拉案中的态度很可恶，不过我还是跟老头子[①]写了几封信谈这件事，语气很温和，后来两方面都沉默了。我不想给他写信，也不想收到他的信……”契诃夫早已不在《新时代》上发表文章。从这个时候起他跟苏瓦林也疏远了。

五月契诃夫回到梅里霍伏，得到莫斯科艺术剧院创办人之一、杰出的导演聂米诺维奇-丹青柯来信，接洽上演《海鸥》的事。契诃夫起初拒绝，可是丹青柯继续来信要求《海鸥》的上演权，契诃夫终于答应了。九月契诃夫到莫斯科艺术剧院看《海鸥》的排演，认识了剧院的演员们，其中有女演员奥尔加·莱奥纳尔多夫娜·克妮碧尔。克妮碧尔回忆当时的印象说：“我们都被他的人格、他

① 老头子：指苏瓦林。

的单纯、他那种不会‘教’、不会‘指示’的稀有的敏锐魔力所迷住。我们在他面前不知道怎样说话，不知道说什么好了。……他望着我们的时候，有时微笑着，有时忽然又摆出一副极严肃的神气，有时又显得很局促，可是老是把夹鼻眼镜取下来，用手捏着他的小下髯。……”[①]她没有想到三年以后她就做了他的妻子。

契诃夫在莫斯科住了五天左右，就动身去雅尔达，准备在那里长住，这是遵照医生的嘱咐决定的。他那病弱的身体忍受不了莫斯科的冬天。他正在计划购买地基修建房屋的时候，他的父亲突然因割治疝气死在莫斯科的医院里。契诃夫写信告诉妹妹：“我觉得

---

① 借用焦菊隐的译文：《文艺·戏剧·生活》（丹青柯著）。下同。

父亲死了以后梅里霍伏的生活再不会像从前那样了……”妹妹玛利亚十一月上旬去雅尔达，契诃夫一见面就告诉她：“我已经买了一块地。”

十一月契诃夫接到署名“阿·贝西科夫”的作家从尼日尼一诺伏哥洛德写来的信，这是他和高尔基通信的开始。

十二月二十九日《海鸥》在莫斯科艺术剧院公演，“大成功”。第二天契诃夫在雅尔达收到了从各方面拍来的贺电。

这一年里他写了《装在套子里的人》、《亲爱的》、《姚尼奇》等小说。托尔斯泰很喜欢《亲爱的》，还发表了赞美的文章。

一八九九年（三十九岁） 一月彼得堡大出版商阿·玛克斯写信到雅尔达，要求购买契诃夫著作的出版权。谈判结果，契诃夫以七万五千卢布的代价把全部著作的出版权让给了玛克斯，后来因此发生许多麻烦。他的妹妹写信劝阻，可是已经来不及了。契诃夫需要这笔钱在雅尔达修建别墅，并且安排以后的生活。

三月三十日高尔基到雅尔达拜访契诃夫，这是他们第一次的会见。高尔基在雅尔达住了三个星期，差不多天天跟契诃夫见面。高尔基回到尼日尼一诺伏哥洛德以后写信给契诃夫说："跟您见面，在我真是太快乐了。"契诃夫也写信告诉人："高尔基外貌像一个流浪人，可是内心却是一个高尚的人——我非常高兴。"他告诉妹妹："高尔基在这儿。是一个很好的人。"高尔基成了契诃夫最后几年中间文学与生活两方面的一个知己朋友。

高尔基离开雅尔达以后，契诃夫也就动身去莫斯科。他本来想为他的母亲和妹妹在莫斯科买一所房屋，可是他已经没有足够的钱了。他说："倘使我买一所房屋，我就空无所有了——没有著作，没有钱。"因此他不得不卖去梅里霍伏的产业，把整个家搬到雅尔达去。

克妮碧尔到梅里霍伏去住了三天。接着她到高加索去度假期。契诃夫没有得到她的消息，六月给她寄出第一封信："作家给忘掉了——啊，多可怕，多残忍，多不讲信用！"克妮碧尔马上写了回信，答应将来回莫斯科时到克里米亚去看他。八月他们一块儿回到莫斯科。契诃夫到莫斯科去看《万尼亚舅舅》的排演，可是他在那里住了三个星期就因病回雅尔达去了。

十一月七日《万尼亚舅舅》在莫斯科艺术剧院首次公演，成绩很好。

高尔基来信替《生活》杂志拉稿。十二月契诃夫把他新写成的中篇小说《在峡谷里》寄去，在《生活》一九〇〇年一月号上发表。这是他的一篇非常出色的作品。《带狗的女人》也是在这一年写成的。

一九〇〇年（四十岁） 一月契诃夫和托尔斯泰、柯洛连科同时由科学院新成立的文学部选为荣誉院士。

三月契诃夫邀请高尔基到雅尔达游历。他在信里说："艺术剧院定四月十日至十五日（旧历）在塞瓦斯托波尔、十六日到二十一日在雅尔达公演，剧目有《万尼亚舅舅》、《海鸥》……请您务必来吧。您应该更多地接近剧场，为了写戏而多加观察。"[①]

契诃夫到塞瓦斯托波尔去看过《万尼亚舅舅》的演出。艺术剧院在雅尔达公演结束，旧历四月二十二日（公历五月四日）还专门举

---

① 借用适夷译文：《契诃夫—高尔基通信集》。

行一个“文学晚会”为契诃夫创办的肺病疗养院募集基金。

五月下旬契诃夫和友人高尔基等同游高加索。

夏天和秋天契诃夫为艺术剧院写“四幕正剧”《三姊妹》。他给克妮碧尔写信说：“我正在动手写的这本戏，早晚我会把它写完的——也许在九月也许在十月，或者甚至在十一月。”他写《三姊妹》从八月写到十月，病和客人常常打断他的写作。可是他终于在十月下旬写完了它，自己把原稿带到莫斯科去。他没有等到《三姊妹》在莫斯科公演（他认为导演和演员都不了解这个戏），就因健康的关系在十二月下旬出国休养去了。

一九〇一年（四十一岁） 二月初契诃夫到意大利旅行，本来要去拿波里，后来因气候突然变冷改变了日程。莫斯科艺术剧院给他拍了一个电报到拿波里，告诉他《三姊妹》的成功(《三姊妹》于二月十二日在莫斯科首次公演)，可是他没有收到。他一直耽心着这个戏会失败。他害怕听见人谈起它。他以为《三姊妹》真的失败了。事实上正如丹青柯所说："《三姊妹》因为优美的整体和斯坦尼斯拉夫斯基的精美的导演设计，成为艺术剧院最好的演出。"

二月底契诃夫回到雅尔达。四月上旬克妮碧尔到雅尔达来看他，住了半个多月。

六月七日契诃夫和克妮碧尔在莫斯科一个小礼拜堂里结婚，"完全没有举行公开仪式"。新婚夫妇开始蜜月旅行，先坐火车到尼日尼—诺伏哥洛德，拜访当时正受到"室内监禁"处分的高尔基，然后坐船到乌发，再坐马车到阿克谢诺伏疗养院。

高尔基得到内政部的许可住到克里米亚

来了。十一月下旬高尔基到雅尔达，在契诃夫家里住了几天就搬到阿列斯去。契诃夫写信给克妮碧尔说："阿·玛·来了，住在我家中，身体很好，到后报告了警察局，今天警长来了。"在高尔基来雅尔达的前十天，契诃夫曾到加斯卜拉去访问当时在那里养病的托尔斯泰。托尔斯泰夫人苏菲亚在日记里写着："契诃夫到了这里，我们全家都喜欢他的诚朴。他在精神上像是跟我们很接近。他那可怕的病（肺病）已经在他身上留下显著的痕迹了。"高尔基到后，契诃夫又和高尔基一块儿去看托尔斯泰。十二月十九日托尔斯泰打电话给契诃夫说："我今天很快乐，因此我希望你也快乐。特别是你。你是这么一个好人——这么一个很好的人！"

从一八九九年开始出版的契诃夫自己编选的第一套全集（十卷集）在这一年出齐了。

一九〇二年（四十二岁） 从去年十一月到本年五月这半年中间，契诃夫常常到加斯卜拉去拜访托尔斯泰。

去年年底契诃夫得到消息：高尔基当选为科学院文学部的荣誉院士。他马上把这个消息转告高尔基。可是本年三月下旬报上刊出了科学院撤消高尔基当选的决定。契诃夫写信给柯洛连科，邀请他来雅尔达商量共同辞去院士的事情。柯洛连科六月来雅尔达，同意了采取共同行动，两个人都向科学院辞去荣誉院士的头衔。契诃夫给科学院的信是九月七日发出的。文学部的另一个荣誉院士托尔斯泰告诉契诃夫说："我从来不承认我是一个院士，"因此他不去管这种事情。

这一年克妮碧尔患病三次。她起先在莫斯科医院里施行手术。四月下旬回到雅尔达，她的病又发了。斯坦尼斯拉夫斯基说："契河夫家的饭厅做了病人的寝室，契诃夫像一个最负责的护士那样看护她。”六月上旬柯洛连科来访后的第二天，契诃夫陪他的妻子同去莫斯科，到了莫斯科克妮碧尔的病又发了，而且很厉害。契诃夫早晚都不离开她的病床。斯坦尼斯拉夫斯基说：“契诃夫在妻子的病中变得很瘦、很弱了。”六月底契诃夫才离开莫斯科，到艺术剧院的赞助人莫洛左夫的别墅去。他在那里认识了大学生亚·吉和诺夫。

吉和诺夫后来成了作家，他曾经痛苦地回忆过当时的情景：

吉和诺夫睡在契诃夫的隔壁的房间里。他听见了契诃夫的用手帕蒙嘴的咳声，咳得很久。半夜他被雷声惊醒了，电光照亮了他的房间。从契诃夫的房里送过来一声拖长的呻吟。吉和诺夫跳下床来，侧耳倾听，又听见契诃夫的呻吟。他以为契诃夫快要死了，便赤着脚，跑到契诃夫的睡房，打开门，床前一张小桌上燃着一枝正在淌烛油的蜡烛，契诃夫躺在床上，扭着上半身，脸俯在床边咳嗽。他咳得很厉害，每咳一次，浑身都抖动，血从他那大张的嘴里吐出来，吐到蓝色搪瓷痰盂里去。

“安东·巴甫罗维奇！”吉和诺夫唤了两次，契诃夫才睡下来，把头放到枕上。

“我很抱歉，朋友，我——我——”契诃夫忍住咳嗽，透不过气似地答道，一面揩着胡须上的血。雷声掩盖了他以后的话，吉和诺夫只看见契诃夫的嘴唇在他的黏了血的唇须下面无声地动着。

契诃夫一步一步地逼近死亡。可是他一直坚持着跟死亡斗争。他回到雅尔达以后，还是照常过着从前那样的生活：上午在书房里读报写信，下午接待客人。小说家亚·库普林仍然是一个常客。

十月二十六日他又去莫斯科住了六个星期。

年底他续写他在这年春天开始的最后一个短篇《未婚妻》，但是三个多月以后他才写完了它。这是一篇充满希望、绘出光明前途的小说。叶尔巴季耶夫斯基说："这篇作品发出了对契诃夫说来是新的声音。"[①]

一九〇三年(四十三岁)　二月他开始写他的最后一个戏《樱桃园》。他的病妨碍他写作。他写信告诉朋友："我一天写四行，就是这样我也感到难熬的痛苦。"

他写完了《未婚妻》，在这小说里他预言将来"会有富丽堂皇的大楼，美好的花园……还有出色的人，……到那时候人人都

① 借用陈冰夷的译文：《契诃夫》(叶尔米洛夫著)。

有信仰，人人都知道自己是为什么活着……只求那种光明的新生活快点来才好……”[1]后来在看校样时他又把它改写了一次。

五月契诃夫到莫斯科。他从玛克斯那里拿来的那笔钱已经花光，他日后生活的保证也没有了。七月底契诃夫夫妇回到雅尔达。契诃夫接着续写《樱桃园》，到九月底克妮碧尔回莫斯科时，剧本尚未脱稿。十月下旬他写信给丹青柯说：“好了，终于我和你的忍耐得到胜利了。戏写完了，整个写完了……”

“后来他又把这一篇最后杰作，这一首最精彩的诗，略略更动了一点，”（丹青柯这样说。）这是俄罗斯最后一个批判的现实主义的大师的最后一篇作品。

“别了，旧生活！”“新生活万岁！”从

---

① 后面两句借用汝龙的译文：《新娘集》。

契诃夫的垂死的身体中发出来这么响亮的欢乐的声音。

一九〇四年（四十四岁） 一月，契诃夫的生日的晚上，他的“四幕喜剧”《樱桃园》在莫斯科艺术剧院首次公演。这一场演出也算是庆祝契诃夫文学活动的二十五周年。这一个晚上照丹青柯的说法：“莫斯科全文艺界、戏剧界，……都集在剧场里向他们爱戴的作家致敬。我们打电话给契诃夫，要他来。最初劝不动他……”后来契诃夫还是由演员维席涅夫斯基跑去拉来了，那时候戏已演到了一半多。第三幕闭幕以后观众向剧作者祝贺。“契诃夫站在舞台上显得又高又瘦，找不到一个地方放他的手。”[①]献给他的祝词都是很恳切、动人的。丹青柯代表剧院向他说：

① 根据作家司基达列次的描写。

“我们的剧院必须感谢你的天才，你的温柔心肠，和你的纯洁灵魂，我们受你的恩惠的程度之深，竟可以使你就说：‘这是我的剧院，是契诃夫剧院’。”

三月初契诃夫最后一次回到雅尔达，在那里住到五月中旬，替报刊看了不少的稿子，也接待了不少的客人。

五月中旬契诃夫到莫斯科。他本来打算去莫斯科乡下过夏天，可是他一到莫斯科就不能起床了。在这一段时间里他还替《俄罗斯思想》文学部看新作家的来稿。六月十六日克妮碧尔陪他到德国巴登维勒尔去疗养。

七月十六日（旧历七月三日）丹青柯接到克妮碧尔一契诃娃的电报：

巴登维勒尔，十五日八点十二分。

安东·巴甫罗维奇突因心脏衰弱症病故。

奥尔加·契诃娃。

八点十二分是发电报的时间。契诃夫是在上午三点病故的。

七月二十二日契诃夫的灵柩运到莫斯科，安葬在新圣女修道院内，他父亲的遗体也埋在这里，这是他生前常去的地方。

1955年3月。

附　录

访苏期间家书选（一九五四年）*

一九五四年七月八日

蕴珍：

六日寄发一信想已收到。我的行期已决定，十一日动身。据说第一日坐八小时，第

---

* 这组书信选自《巴金全集》第二十三卷；“蕴珍”即巴金的妻子陈蕴珍（笔名萧珊）。

二日坐十三小时，两天半到达。这次我一个人走，连翻译也不好带。因电报是打给我个人的，说一切费用连路费在内都由纪念会担负。不过“作协”已拍了电报请他们为我解决翻译问题。这次纪念会另外还请了老舍，他不能去，因此我更不能不去了。一个人去的确是个苦差使，而且得靠我这几句洋泾浜俄文。在北京做了一件秋大衣，买了一件雨衣，一双黄皮鞋，都是对外文化联络局给我办的。说是明天送来。一切手续都由联络局和“作协”代办。我倒还清闲。头一天家宝请吃饭，和家宝夫妇在郑家喝了咖啡回来熬夜到三点把文章写完，集子编好寄走了。昨天上午去四舅处，四舅刚送舅母去张家口回来，他的身体好多了。

今晚在家里休息。诚实书店的法文字典送来没有？如未送来可找济生去问一声，书款已付。今天寄上了一包书是在国际买的普希金残本。另外通知济生苏联新小说（俄文）可以不买了，欧美名著译成俄文的除插图本和上次买过的两集外也可以不买了。别的下次谈。

祝

好！

金　五四、七、八

问候妈和大家，小林、小棠好。

一九五四年七月十日

蕴珍：

昨天早晨寄出一信，不知怎样忘了写地址，只写了发信人地址，今天早晨邮局打电话到“作协”问才知道，已通知邮局填上寄发了。这样我想起昨晚顾师母告诉我的话：

你把给姜桂侬的信装在给她的信封里了。这是同样的错误。我的准备工作已经完成，护照下午可以发下来，明天早晨六点起飞。联络局借给我一个箱子，另外还要带一箱子礼品去。零碎东西又买了一点。但还是装不满两个箱子。在北京的准备工作都是联络局和“作协”办的。在路上就得自己一个人处理一切了。要在伊尔库茨克住一晚。十三日早晨可到莫斯科。联络局还给我汇了一点卢布到伊尔库茨克。在那里得找旅馆，打电报。好在那里有旅行社照料，当很方便。现在我也不着急了。马上就要把行李送到航空公司去。半夜四点半去机场。在这里又买了些东西。衬衫、内衣裤等，领了零星制装费不买东西也不行，（不能不领。）及人购书款已还给他了。译生的书也交去了。及人谈到他想写信给“平明”不再支取薪水，我也同意，请告采臣得及人信后即照办。采臣如果怕康、陆讲话，把及人信给他们看看也行。总之请采臣斟酌决定。他去找过方学武没有？告诉他不要再拖了。你的工作怎样？书译了多少？上海天气还是那样热吗？北京倒不太热。觉一直睡不好，隔壁在盖新楼吵得厉害。天一亮就吵起来了。别的话下次再谈。小棠进托儿所情形如何？闹得厉害不？小林琴弹得怎样？他们都乖吗？

祝

好！

金　七月十日

问候妈和大家。

珍：

行李已交航空公司。飞机因天气不好延期飞，十二日上午动身。

我另外给采臣写信，要他给徐成时寄书。徐成时要翻尼克索。

没有别的事情。今晚上想早睡，这些天太疲劳了，买东西，看朋友，晚上回家看书。

祝

好！

金　十日晚

一九五四年七月十二日

蕴珍：

今晨六点一刻离北京，十二点后在蒙古首都停了将近一点钟，三点一刻到伊尔库茨克，在机场穿秋大衣正合适。今晚十一点三刻飞莫斯科，明晚七点后到达。现在在旅馆休息，想到你，给你写这封短信。坐了八小时的飞机深感疲劳。明天还要坐十六小时左右（路上要停三个多钟头），这不是一件容易的事。这里有旅行社照料，明天到莫斯科就有人来接了。这次旅行是一个锻炼，可惜没有你同路。上次漏写地址的信收到没有？

祝

好！

金　七月十二日

问候妈和大家，小林、小棠好。

请不要忘记给我买两本人民文学出版社即出的《契诃夫画册》。又及

一九五四年七月十六日

珍：

十三日晚九点半到莫斯科。坐了十几个

钟头的飞机，人相当疲劳。这一天是我一生最长的一天，早晨六点在克拉斯洪雅尔斯克醒来，十点起飞，一直飞到半夜一点半才到莫斯科，但是天还没有全黑，莫斯科是九点半。所以十三日那天我过了将近二十个钟点的白天。十四日到克里姆林宫去过一趟。下午参加契诃夫博物馆开幕仪式，匆匆地参观了博物馆。晚上又去参加一个宴会。十五日上午到契诃夫墓地，见到他的夫人，晚上七点半开大会，会后有音乐节目，也表演了《万尼亚舅舅》第三幕和独幕剧《房客》，很好，到一点才结束。今天游高尔基公园，等一会要去参观莫斯科大学。在公园内等车抽空写这封信。讲演稿总算在大会上念过了。译文到开会前才弄好，由作家协会对外文化委员会一位同志朗诵，他念得倒不错。今晚也许会看戏，明晚还有一个群众性的纪念会，在高尔基公园举行。到雅尔达去的手续已办好，什么时候动身还不知道，大概不会太久的。

陈沂同志前天来莫斯科，我们住处隔得很近。我昨天去找他，他说请我喝茶，可是我等不及茶送来就走了。这个旅馆住的全是外宾，各国人都有。今早晨碰见一个日本人，昨天在纪念会上也看见，他说一声“啊哈哟各扎以马斯”，我也回他一句。

这次参加纪念会的外国作家不多。除了我还有《父亲们》的作者勃赖特尔，是个矮胖子，罗马尼亚诗人别纽夫，也比我矮得多。还有两个保加利亚作家，男的六十七岁，比我高，女的也有五十几岁了，我和他们一起在公园等车。

今晚看《万尼亚舅舅》全本，票已弄好了。莫斯科相当热，据说是七十年来所未有，我却赶上了，但比起上海还差得多了。你们生活怎样？想到我吗？俄文还念不念？翻译怎样？

祝

好！

金 五四、七、十六

问候妈和大家，小林、小棠好。